BIBLIOTHÈQUE DU HÉRISSON
(ŒUVRES NOUVELLES)

FAGUS

LA DANSE MACABRE

POÈME

AMIENS
LIBRAIRIE EDGAR MALFÈRE
7, RUE DELAMBRE, 7

1920

A raison de DEUX VOLUMES au minimum par TRIMESTRE, la

BIBLIOTHÈQUE DU HÉRISSON

livrera au Public lettré les ŒUVRES INÉDITES des ÉCRIVAINS ORIGINAUX d'aujourd'hui. Elle rééditera également nombre d'œuvres anciennes de grande valeur laissées dans l'ombre ou devenues difficiles à trouver.

Elle ne présentera que des ouvrages impeccablement imprimés sur du bon papier et ses éditions auront un réel attrait pour les BIBLIOPHILES.

1920. — LES DEUX PREMIERS VOLUMES :

FAGUS. — *La Danse Macabre*, poème........ 7.50

THÉO VARLET. — *La Bella Venere* (La Belle Vénus), contes........................ 7.50

LA DANSE MACABRE

JUSTIFICATION DU TIRAGE

Il a été tiré :

25 exemplaires sur Japon, numérotés de 1 à 25.
100 exemplaires sur Hollande, numérotés de 26 à 125.
375 exemplaires sur Arches, numérotés de 126 à 500.
2.000 exemplaires ordinaires.

La présente édition est l'édition originale de cet ouvrage.

BIBLIOTHÈQUE DU HÉRISSON
(ŒUVRES NOUVELLES)

FAGUS

LA DANSE MACABRE

POÈME

AMIENS
LIBRAIRIE EDGAR MALFÈRE
7, RUE DELAMBRE, 7

1920

OUVRAGES DE L'AUTEUR :

Testament de sa vie première, vers (Vanier : 1898).
Colloque sentimental..., vers (Société libre d'Éditions : 1898).
Ixion, poème *(La Plume* : 1903).
Jeunes Fleurs, vers *(Revue de Champagne* : 1906).
Aphorismes (Sansot : 1908).
Discours sur les Préjugés ennemis de l'Histoire de France (Occident : 1909).
Politique de l'Histoire de France (Occident : 1910).
La Prière des Quarante heures (Éditions *Gallus* : 1920).
Le Jeu-parti de Futile, vers (La Belle-Edition : 1920).

A PARAITRE :

Frère Tranquille, poème.
La Guirlande à l'Épousée, poème.
Le Clavecin bien tempéré, vers.
Les Églogues de Virgile, traduites en vers.

EN PRÉPARATION :

Lucifer, poème.
Le Massacre des Innocents, poème.
L'Évangile de la Croix, poème.
La Croisade de l'Antéchrist, poème.
Racine et Shakespeare, essai.
De l'Amour, essai.

AU LECTEUR

Ce poème fait partie d'un ensemble, qui, sous l'argument général « STAT CRUX DUM VOLVITUR ORBIS », comporte : *Le Massacre des Innocents* (publié partiellement dans le recueil *Jeunes Fleurs* : 1906) ; la *Guirlande à l'Épousée* (inédit) ; *Lucifer* (en préparation) ; *Frère Tranquille* (inédit, publié dans *la Revue de Hollande* : 1918) ; *Ixion* (édité en 1903) ; *La Danse Macabre* que voici ; l'*Évangile de la Croix* et *La Croisade de l'Antéchrist* (en préparation).

Ainsi qu'on s'en apercevra peut-être, et de même qu'à peu près tous ceux de l'auteur, il fut écrit dans l'arrière-pensée d'une glose musicale.

« Et le serpent dit : — Non, vous ne mourrez point ; vos yeux seront ouverts : et vous serez tels que des dieux.

... Et leurs yeux furent ouverts : et ils connurent qu'ils étaient nus. »

LA DANSE MACABRE[1]

Les morts, les mauvais morts me gardent sous leur serre,
Je suis des leurs, ces morts qui sont dans le tourment :
Ils m'habitent ! je suis toujours chez Lucifer,
Remords, frères d'enfer, affreusement vivants.

Ils font du jour divin un louche crépuscule,
Filtrant sous mon crâne branlant et dilaté :
Je sens qu'autour de moi et parmi moi circule
Une indistincte et répulsive humanité.

Soudain l'horreur, la grande horreur m'est apparue !
J'ai vu, mon Dieu, j'ai vu, sans en mourir d'effroi :
L'armée immonde accourt, tout palpite et remue,
Se multiplie, bondit, m'entoure et vient sur moi.

Procession d'enfer ! des squelettes sans tête,
Des cadavres mi-dévorés qui laissent voir
A la place du ventre un grouillement de bêtes,
A la place du cœur un trou saignant et noir,

1. Prière de se reporter à la VARIANTE, *in fine*.

Des stupres accouplés, des morts qui caracolent,
Des boucs à face humaine et des chiens amoureux,
Je ne sais quels têtards hideux qui sanguinolent,
D'autres la face retournée et privée d'yeux...

(Les fœtus expulsés des ventres par le crime !)
Tout cela vire, beugle, hennit, mâche le sang ;
Au centre un cul-de-jatte obscène se supprime,
Sautelant sur son membre infâme en glapissant :

— Sur ton cœur danse, danse, danse,
Toute espérance est de jouir :
Large le pied, large la panse,
Et l'univers qui va finir,
Hourra ! !

Et que vois-je, en avant, tordu dans un suaire ?
Le Juif Errant, ivre de rage inassouvie,
Titube ! d'un morceau de la Croix du Calvaire,
Il râcle un violon, râcle avec frénésie ;

Son front chauve et luisant est ceint d'une couronne
Où les trente deniers fument, incandescents ;
Une vipère sur son cœur se pelotonne,
En cadence le larde et lui draine le sang ;

Et il danse, comme le roi David, il danse,
Entraînant l'innomable armée sur l'air vainqueur
Du quadrille d'*Orphée aux Enfers*, et tous dansent,
Tous hurlent, hymne abominable, hurlent en chœur :

— Bonheur ! amour ! folie !
Plaisir, transe, désir !
Un vertige est la vie,
Tournons jusqu'à mourir !

Tournons jusqu'à mourir,
L'univers n'est que danse,
Délirons en cadence,
Délirons à mourir !

Un délire est la vie,
Les chiens sont bien heureux,
L'âme est une voirie
Et nous vomissons Dieu !

A la rencontre de la fumante ruée
Se lève, ombre et lumière émanant des tombeaux,
La blanche face de Marie Immaculée,
Qui les yeux clos chante : *In unum Deum credo.*

Le Juif errant écume et trépigne, il rugit :
— C'est nous tous qui serons, nous tous, tels que des dieux,
Vous tous : *eritis, eritis sicut dii !*

Et la horde : — Hourra ! nous tous pareils à Dieu :
Similes Altissimo, hurlent-ils ensemble.
Un écho furibond répond de dessous terre :
— Tous pareils au Très-Haut !
Le sol palpite et tremble,
Et des cieux une voix descend comme un éclair :
— *Quis ut Deus*, qui tel que Lui ?
Mais l'avalanche
Sans entendre a passé, vertigineuse et folle,
Et lentement s'est envolée la forme blanche ;
Des vapeurs, des fumées, se traînent sur le sol.

L'heure semble s'être suspendue en son vol.

Tout à coup je frissonne, un être est contre moi,
C'est un squelette ; il est vêtu, selon la mode,
D'un complet à carreaux ; il grelotte de froid ;
Ses pieds boîtent dans des escarpins incommodes,

LA DANSE MACABRE

Il fait le beau, fantoche aux airs de petit vieux ;
Sa main de blanc gantée tourmente une badine,
Deux braises luisent dans les trous que sont ses yeux,
Il grince tandis qu'avec grâce il se dandine :

— Je suis un être absolument semblable à Dieu.

Et flagellant la terre et l'air de sa badine,
Le fantoche bat la mesure : à ses côtés
Se lève une marée de formes féminines,
Et lui se met, troubadour noir, à hoqueter :

> — Toute armée étant toute nue
> M'est Vénus en rêve apparue,
> Et m'a dit : Sois mon chevalier
>   D'atours,
> Toi ma gloire et moi tes amours.
>
> Un parfum de rose effeuillée
> Vint s'ébattre sur ma veillée ;
> De bonheur mon cœur s'est pensé
>   Briser :
> Je sentais descendre un baiser.
>
> Quand Vénus rentra dans la nue,
> La vérité m'était connue :

Depuis lors mon cœur ne veut plus
Chanter
Que l'amour et que la beauté !

Oui, nargue au désespoir, la Raison y convie ;
Rien en bas ni en haut hors la féerie des sens ;
Et vengeons-nous de vivre en éreintant la vie
Sous les fouets corrosifs de l'amour tout-puissant :

C'est l'amour, l'amour, l'amour,
Qui mène le monde
A la ronde :
Depuis que le monde est monde,
Il ne vit que par l'amour !

Par l'amour et par la femme
Il tourne comme un toton,
L'amour l'affame et l'enflamme
Et lui flambe sa raison !

Moi : — Toutes femmes l'une en l'autre se reflètent,
Miroirs s'interpellant où l'œil s'épuise en vain :
L'homme de l'une à l'autre allant, morne raquette,
De son illusion ne voit jamais la fin.

— Ou le commencement : l'un à l'autre se mêle,
Le catéchisme en dit tout ce qu'il faut savoir :

LA DANSE MACABRE

L'origine, oui, c'est Ève, innombrable, éternelle,
Toujours même en changeant toujours, tu l'as dû voir,

Et la fin est Marie, Notre-Dame la Vierge,
Mutans Evæ nomen, comme la chanson dit,
Eternelle autrement, pur centre où tout converge,
De la sphère dont l'autre est le fuyant circuit.

Mais l'homme s'évertue à poursuivre la sphère
Et du centre s'éloigne un peu plus chaque tour,
Où l'attend le repos dans la calme lumière
De l'amour qui ne trompe pas, l'unique amour.

— Comment rejoindre alors, un centre qui recule ?
— La prière atteint là comme une flèche au cœur.
— Masque de carnaval, plus d'hymnes ridicules !
— Ridicules non pas, hélas pour mon malheur :

Mais Monsieur ne croit pas au Diable ? il est logique
Que Monsieur ne croie pas à la Vierge non plus ;
Moi j'y crois, c'est mon désespoir diabolique.
— Eh donc alors, priez ?
— Prier, je ne puis plus.

L'orgueil d'en bas m'a bu et sa concupiscence,
Quand j'ai crié : Je suis l'égal de Dieu, crié :

Je ne servirai pas ! et ma propre démence
Dans mon intelligence en deuil m'a foudroyé.

Oh, risée sombre où vont s'effondre nos ruées !
Ma frénésie embrassa le vide béant,
Mes deux bras se sont refermés sur des nuées,
Ma semence avait ensemencé le néant.

Ridicule vaincu j'ai roulé par l'espace,
M'accrochant aux nuées et passant au travers :
L'Autre entr'ouvrait sa main ! et depuis lors, je passe,
Emporté par l'orbe effaré des univers.

Et j'agonise et ne peux pas mourir ; pauvre être,
Dieu tronqué, dans l'abîme atone, fade et noir,
Je tourne, sans pouvoir m'absoudre et disparaître,
Le dernier cercle du suprême désespoir !

— Sombre histoire ! elle me fut tant de fois contée,
Et de tant de façons et depuis si longtemps,
Qu'il me semble (et peut-être est-ce la vérité !)
Que c'est déjà ma propre histoire que j'entends.

— Oui : c'est la révolte, a-t-on dit, des mauvais anges,
Et l'histoire en effet plus ou moins de nous tous :
Eh gai, roulons-nous donc en chœur dans notre fange,
Dansons, cabriolons, hurlons, trémoussons-nous :

Entre rut et folie, et crime, autre folie,
Et tous nos appétits, désir, transe, plaisir :
L'univers n'est que danse et vertige la vie,
Dansons jusqu'à crever, tournons jusqu'à mourir !

Ramassant leur carcasse à même un noir suaire,
D'horribles vieilles se présentent frétillant,
Et des fillettes poitrinaires
Chargées de fleurs, drapées de blanc :

— Entrez dans la danse,
Voyez comme on danse :
Sautez, dansez,
Embrassez qui vous aimez !

Sur un galant fredon mon acolyte étrange,
Boîtillant et craquant des os s'est éclipsé ;
Une fillette aux grands yeux d'ange,
Sautillante, s'est avancée :

— J'ai mes pommes à vendre,
Des rouges, des blanches,
Toutes, toutes pour un sou :
La plus belle en voulez-vous ?

— Quelles, celles d'Atalante,
Celle d'Ève ou de Vénus,
Double univers en attente,
Celles de tes seins menus ?

Folle fille qui es-tu,
Vénus, Ève, ou rien que femme ?
— Et qu'est donc Ève ou Vénus,
Une femme et rien de plus.

Moi suis fille en démence
Et rends les hommes fous,
Dans un rayon je danse
Et vais sans savoir où.

Tandis que soliloque avec moi sa folie,
Les anges blancs ses sœurs, chantent les litanies :

— Sancta Maria, Dei Genitrix,
Sancta Virgo virginum,
Ora pro nobis !

— Je suis fille en démence
Que tourmente le sang,
Je suis la mer immense
Sous la Lune dansant...

LA DANSE MACABRE

— Mater Christi, Mater divinæ gratiæ
Mater purissima, ora pro nobis !

— Si tu es l'Océane
Qui tourne en divaguant,
Je me ferai le naute
Que guide l'Orient...

— Mater castissima,
Mater inviolata,
Mater intemerata, ora pro nobis !

— Si tu te fais le naute
Que guide l'Orient,
Je me ferai la Lune
Qui fige l'élément...

— Mater prudentissima,
Mater veneranda,
Mater prædicandæ, ora pro nobis !

— Si tu te fais la Lune
Qui fige l'élément,
Je me ferai l'étoile
Qui veille au firmament...

— Mater potens, Mater clemens,
Mater fidelis, ora pro nobis !

— Si tu te fais l'étoile
Qui tremble au firmament

Je me ferai nuée
Qui change à tout moment...

— Speculum justitiæ, Sedes sapientiæ,
Causa nostra lætitiæ, ora pro nobis !

— Si tu te fais nuage
Qui change avec le vent,
Je me ferai la brise
Et t'emporte en chantant...

— Vas spirituale, Vas honorabile,
Vas insigna devotionis, ora pro nobis !

— Si tu te fais la brise
Qui s'envole en chantant,
Je redeviens la femme.
Qui sourit et qui ment...

— Rosa mystica, Turris Davidica,
Turris eburnea, ora pro nobis !

— Si tu te fais la femme
Qui sourit et qui ment,
Je me ferai le prêtre
Et te vais confessant...

— Domus aurea, Fœderis arca,
Janua cœli, ora pro nobis !

— Si tu te fais le prêtre
Qui va les fronts courbant,
Je me ferai le Diable
Pour te rendre méchant...

— Stella matutina, Salus infirmorum,
Refugium peccatorum, ora pro nobis !

— Si tu te fais le Diable
Pour me rendre méchant,
Je me ferai Archange,
Archange foudroyant...

— Regina Angelorum, Regina patriarcharum
Regina prophetarum, ora pro nobis !

— Si tu te fais Archange,
Archange foudroyant,
Je me fais Notre-Dame :
Tu seras mon servant...

— Regina virginum, Regina sanctorum,
Sine labe concepta, ora pro nobis !

— Si tu te fais la Vierge,
D'Ève le nom changeant,
Je serai tel que Christ,
Et te couronnerai !

— Mon beau Seigneur j'ai choisi ma couronne,
Vous ni personne ne l'aurez,
Je ne reçois ni je ne donne,
Tout est promis au Bien-Aimé.

Mon bien-aimé ne paraît pas encore,
Trop longue nuit, dureras-tu toujours ?
Tardive aurore,
Hâte ton cours,
Rends-moi son cœur, ma joie et mes amours !

(Minute obscure, instant étrange :
L'enfant s'apparaît femme et s'épeure de soi ;
Trouble et déconcertant mélange,
Le corps, le cœur, la bête et l'ange,
Tout gronde et fermente à la fois)

Plusieurs collégiens, l'allure suffisante ;
— Ça durera ce que pourra :
Nous avons tous passé par là.

Et Cendrillon, en haillons, gémissante :
— Hélas moi, cependant,
Dolente j'attends, dolente,
Mon doux prince Charmant !

Les communiantes chantent :
— Sainte Sion, ravissante demeure,
Du vrai bonheur délicieux séjour,
Quand viendra l'heure
De ce beau jour
Où je verrai l'objet de mon amour ?

Une bande de galopins bat du tambour :
— Mesm'zelles, ce sont les rats,
Qui sont cause que vous n'dormez pas !

Et la Cendrillon se lamente :
— Hélas pendant ce temps,
Dolente j'attends, dolente,
Mon doux prince Charmant !

Rose comme une fille apparaît Chérubin,
Au jabot mille fleurs et son cœur à la main :
— Mon cœur soupire
La nuit, le jour :
Qui peut me dire
Si c'est d'amour ?

Des étudiants vocifèrent :
— Nous l'irons dire à sa mère
Pourquoi l'enfant ne dort pas :

Ce sont les rats ma mère ?
Madame c'est le chat !

Et Cendrillon la pauvre fille
A Chérubin fait confidence :

— Ma poitrine brûle et fourmille,
Mes seins ont mal, ils se distendent,
Ils tirent sur mon cœur ensemble,
Tirent à l'arracher... je souffre,
Qu'ai-je donc fait pour tant souffrir ?

Mon sang coule de moi comme l'eau d'une source,
Mon ventre pèse, il me brûle, ô martyre,
De lancinants frissons y entrent,
Jusqu'au cœur je les sens qui montent :
O mon Dieu, vais-je donc mourir ?

Je grelotte, je brûle et ma poitrine bout,
Des fantômes qui me font honte
La nuit descendent m'assaillir...
O Dieu je souffre et de partout je souffre,
Qu'ai-je donc fait pour tant souffrir ?

Les filles, les garçons, les hommes, tout, me troublent,
Et l'instant d'après me font peur,
Mes seins se crispent sur mon cœur...

Oh je souffre, mon Dieu, je souffre,
Dieu, mon Dieu, vais-je donc mourir ?

Chérubin, surpris et choqué dans sa pudeur :

— Ma chère enfant je ne suis pas un médecin :
Votre mal est touchant mais je n'y connais rien ;
Il souffre aussi mon pauvre cœur,
Et nul qui veuille le guérir !

Le brelan des collégiens ricane en chœur :
— C'est si jeune, pardonnez-leur :
Ils sauront assez tôt ce que parler veut dire !

Et Chérubin : — Mon cœur soupire,
Mon cœur soupire,
La nuit, le jour !

Des dames au cœur mûr, charitables vampires :
— Voyez-vous ce doux chérubin,
Son cœur à la main
Comme il souffre, souffre ;
Voyez-vous ce doux chérubin,
Son cœur à la main
Qu'il a du chagrin !

Elles s'assurent en goulues de sa personne ;
Un monôme d'étudiants s'esclaffe et hue :
— Les femmes sur leur automne
Sont en rut, en rut, en rut,
Et font la chasse au jeune homme
Tant qu'il est frais et dodu :
De profundis, alleluia,
L'amour nous prend, l'amour nous quitte,
De profundis, alléluia,
Ça nous a bien quand ça nous a !

Et Cendrillon sanglote : — Hélas,
Que le cœur hélas me pèse !

Une bande de Cancalaises
Passent avec leurs galants :

— A la cueille aux moules,
Non· non je veux plus aller,
Maman !
Les gars de la Hougue
Me font endéver !

Mes jupes les troussent
Jusque par-dessus mon nez,
Maman !

Me font des chatouilles
Pour me faire crier !

Et tant d'autres choses
Dont je n'ose pas parler,
    Maman !
Et qui sont la cause
Qu'ma taill' va enfler !

Cendrillon qui n'ose
Voudrait tant pleurer !

Un fol arroi de jeunes filles aux joues roses,
Aux jupes tournoyant, aux frétillantes tresses,
Se prenant par la main chantent à pleine voix :

— Mon ami me délaisse,
(O gué, vive la rose !)
Et je sais bien pourquoi
(Vivent la rose et le lilas !)

Il va t'en voir une autre
(O gué, vive la rose !)
Qu'est plus riche que moi
(Vivent la rose et le lilas !)

LA DANSE MACABRE

On dit qu'elle est malade
(O gué, vive la rose !)
Peut-être elle en mourra
(Vivent la rose et le lilas !)

Mais si elle meurt dimanche
(O gué, vive la rose !)
Lundi on l'enterr'ra
(Vivent la rose et le lilas !)

Mardi il r'viendra m'voir
(O gué, vive la rose !)
Mais je n'en voudrai pas
(Vivent la rose et le lilas !)

Cendrillon, des sanglots lui labourent le cœur :

— Ce soir vous irez donc, mes sœurs,
Au bal où, vous ferez princesse ;
Entre deux valses vos danseurs
Vous infuseront des tendresses,
Tout en dardant, vaille que vaille,
Leurs regards émerillonnés
Partout où se pourra qu'ils aillent,
Vers les rêves entrebaîllés :
Vous ferez, vous, les renchéries,
Honteuses mais pourtant ravies.

Et moi pendant ce temps,
Dolente j'attends, dolente,
Mon doux prince Charmant.

Vous acquiescerez au tour de pourmenade
Par le parc aux dédales bleus,
Dryades ingénues, hésitantes Ménades.
Qui pressentez d'étranges jeux.
Vous rentrerez enfin sous l'aube grelottante,
L'aube grolettante d'hiver
Qui viendra macérer sous les gazes flottantes
Vos maigres charmes mal couverts ;
Vous rentrerez traînant vos pieds endoloris
Et rêverez baisers, valses, robes, maris.

Et moi pendant ce temps,
Dolente j'attends, dolente,
Mon doux prince Charmant....

Un squelette bardé d'écarlate s'approche,
Ignoble, fastueux, bossu, protubérant,
Bandeau sur l'œil, chamarré d'or, cornu, bancroche :
— C'est moi le dit, le din, le dit prince Charmant ! —

Cendrillon continue, et ne voit ni n'entend :

— Et moi je veille aussi, Cendrillon résignée,
Une noire veillée, ô sœurs,

Et dessèche mes yeux, et meurtris mes mains creuses
Sur des besognes dédaignées.
Allez, ô sœurs, allez : vos fêtes amoureuses,
Je n'en ai point rancœur, et pleure et c'est sur vous,
Impénitentes sœurs qui vous rêvez heureuses,
Car il est dans mon cœur scellé, le vrai bonheur.

Le squelette jetant Cendrillon sous son bras
Lui tord le cou, et la voix théâtrale, il crie :
— L'aiguille échappe enfin aux doigts endoloris ;
Sous la lampe tarie elle se penche et meurt :
Couic !

Les jeunes filles : — Au meurtre ! horreur ! —
Le squelette : — Pas peur, ayez pas peur, mes belles :
Car, qu'est-ce qu'est là ?
C'est Polichinel mesm'zelles,
Pan ! qu'est-ce qu'est là ?
C'est Polichinel que v'la !
Polichinelle, Amour : les cornes et les ailes !

Et les jeunes filles en chœur,
Entourant le monstre lui crient :
— Amour, amour, fléau des cœurs,
Apporte-nous vite un mari !

— Tout cela j'ai dans mon tiroir,
Tout cela et bien autre chose :
Approchez, qu'on vous fasse voir !

Les mères-grands clopin-clopinant s'interposent :

— Entendez-nous, filles sages
Qui voulez vous marier,
Prenez garde à ce passage,
On y est souvent trompé :

On est lié, si bien lié
Qu'on ne peut plus se délier.

Tous ces anges font les sages
Tant que sont à marier,
Mais une fois en ménage,
C'est tout diables déchaînés :

On est lié, si bien lié,
Qu'on ne peut plus se délier :

On voit dames aux fenêtres,
Pleurant le beau temps passé,
Qui disent : Que ne puis-je être
Fille encore à marier !

— O danses des petits enfants jasants et roses,
O baisers de l'époux, malheurs à deux soufferts,
Lit nuptial ! ne nous parlez point d'autre chose,
Notre printemps en fleur ignore les hivers !

Or bondissent sept sorcières :
Le feu jaillit du bas-ventre de la première,
Qui : — Je suis l'*Impudicité*. —
L'autre mâchant son propre cœur avec furie,
Gémit : — Je suis la *Jalousie* —
L'autre joue à la boule avec sa tête et danse
En chantant : — Je suis l'*Inconstance* —
L'autre expulse un crapaud de sa bouche édentée,
Et dit : — Je suis la *Satiété* —
L'autre, à corps de pourceau, qui titube et vomit,
Grogne : Je suis l'*Ivrognerie* —
L'autre est écartelée, fendue, liée de cordes,
Et hurle : — Je suis la *Discorde* —
La dernière, un cadavre, horreur du cimetière,
Chuchote : Je suis la *Misère*.

— C'est Mai, le joli Mai, le mois sacré des roses,
Notre printemps en fleur se nargue des hivers ! —

Des vieillards attisant leurs souvenirs éteints :
— Aimez, c'est venir Mai, le mois sacré des roses,
C'est Mai venir, foudroyant de parfums !

Trois à trois, deux à deux, trois à trois, une à une
Jeunes filles brunes,
Jeunes filles blondes,
Bondissent en rondes :
— Voici le mois de Mai, istra, istra, istra-la-la,
Voici le mois de Mai, faut marier vos filles !

Un vieux poète, ivrogne et chauve, s'égosille :
— L'univers apaisé s'ouvre en immense fleur
D'où la santé des sexes s'irradie ;
La sainte affre d'aimer écartèle les cœurs :
Impérial été, lève ta voix bénie,
Et que fasse une seule fleur
Tout l'univers apaisé !

Le chœur des jeunes épousées :
— Mon beau rosier j'ai arrosé,
Mon beau rosier j'ai arrosé :
Il fleurira au mois de Mai ! —

Le roi Louis XV, vieux, et toujours bien-aimé :
— Pourquoi faut-il donc que les belles
M'induisent encore en émoi,
Et qu'elles restent tout pour moi
Quand je ne puis plus rien pour elles !

LA DANSE MACABRE

Et le duc Richelieu, reniflant les pucelles :
— O nature, on sait bien : toutes filles sont belles
Au mois de Mai joli !

Un bel époux tout neuf à l'épouse en dentelles
Et se pelotonnant confuse, contre lui :
— Sens-tu ton cœur s'ouvrir comme la gerbe mûre,
Travaillé des ferments de l'amour, éclater,
Et se disperser tout dans l'énorme Nature
Dont se tend la matrice avec avidité,
S'ouvrir ton cœur comme la gerbe mûre ?
— Tais-toi, aimé, tais-toi : je suis encor si pure ;
Laisse-moi m'enivrer des nouveaux cieux ouverts !
Mon mari bien-aimé, c'est vous tout l'univers
Et c'est tout moi, c'est le profond, l'immense,
C'est le magique Amour, l'unique et le divers !
Le monde sous ta voix frissonne de démence,
Amour tyran des dieux, branle des univers !
— O chaste, chaste, ô virginale et nuptiale ! —
Mais elle l'enlaçant, rougissante, soupire :
— Oh, dis, mon bien-aimé, apprends-moi des mots sales ? —
Lui s'effare, mais sent toute sa chair bondir :
— Oui je t'apprendrai tout, oui, les mots et les choses ! —

(Un squelette apparaît, disparaît, ricanant :
— Aimez, c'est venir Mai, le mois sacré des roses !)

— Oui, oh oui, mais surtout ne me fais pas d'enfant,
Je veux aller au bal avec toi cet hiver —
Le squelette réapparaît, les entourant
D'une bordée de matelots qui vocifèrent :
— C'est la reine d'Angleterre, ter, ter, ter
Qu'a perdu son plumage
Avec Abd-el-Kader, der, der, der,
Sur une toile d'emballage :
Sainte mijaurée,
Tu vas en goûter,
Des enfants t'auras tout autant comm' nous sommes,
Tous ils serviront chez les marins du Roi ! —
Le mari brâme, tout pantois :
— Eh bien, et moi, et moi, et moi ?
— Toi tu es trop laid,
Tu es trop bénêt,
T'as l'air d'un navet,
Tu seras battu,
Tu seras contus,
Tu seras content,
Et conséquemment
Tu seras cocu !

L'épouse larmoyant, que les marins entraînent :

— Je ne veux pas avoir d'enfant,
Je ne veux pas avoir d'enfant !

LA DANSE MACABRE

— S'il plaît à Dieu vous en aurez,
Saute blonde, la jolie blonde,
Et ce sera de mariniers,
Saute blonde et lève le pied !

Et le branle des marinières,
Blanc bonnet et court jupon,
Dont gambade par derrière
La trôlée de leurs poupons :

— Reluquez-moi cette mère
Qui ne veut des enfants
Que la façon d'les faire !
Tout' ces margotons
Avec leurs façons,
C'est tout juste bon à découper en tranches,
Faire de l'appât pour pêcher les poissons !

Cependant un déluge de laiteuses perles
S'égoutte avec lenteur du morne firmament
(Il y en a, Dieu ! il y en a tant !) :
Les âmes des enfants qu'ont envoyées au Ciel
Les criminelles voluptés de leurs parents :
Ce devient en touchant la terre maternelle
Un déluge de petits Pierrots blancs, chantant :
(Il y en a, Dieu ! il y en a tant !) :

— C'est la reine des abeilles
Qui a mangé tout le miel
Qu'on a mis dans l'écuelle
Pour les p'tits n'anges du Ciel :
Grand saint Nicolas,
Sainte Catherine,
Bien vite apportez des fleurs et des tartines,
Aux Saints Innocents les roses de Noël ! —

Et saint Nicolas escorte
Le blanc pullulement d'élus,
Tandis qu'en ses bras il porte,
Dirait-on l'Enfant Jésus :
— Salut, ô fleur des martyrs
Qu'au seuil de votre journée
A moissonnés l'ennemi !
Salut, ô fleur des hosties,
Vapeurs, neige, cœurs des roses,
Tendre troupeau décimé :
Sous l'autel du divin Maître,
Vous jouez avec vos palmes
Et vos couronnes de fleurs !

Tout s'efface, on entend palpiter le silence...

LA DANSE MACABRE

Tout s'efface ; on entend palpiter le silence ;
Le temps goutte à goutte s'écoule et se suspend.
L'angoisse autour de moi rôde ; un brouillard s'avance,
Tourbillon indistinct, obscurément vivant.
Les ombres de partout suintent, lourde trombe
Que de fiévreux remous soulèvent tour à tour :
Voici, vapeur humaine, à flots pressés les ombres
Se bousculer, de tous les dévorés d'amour.

Tel un enfant du doigt fait bondir les atomes
Du rayon de soleil perçant les volets clos,
Tel un chef de ballet noue et dénoue des rondes,
Tel un charmeur ameute un sanhédrin d'oiseaux,
Son caducée au poing les mène un psychopompe,
Berger d'enfer guidant son infernal troupeau.
L'aile des noirs oiseaux flanque sa coiffe étroite
Un réseau métallique investit sa maigreur ;
Il danse, et boîte des deux pieds ; ses flancs miroitent :
Un arc-en-ciel d'écaille ! emphatique et moqueur,
Il chante, et son caducée d'or bat la mesure :
Quelle voix ! l'ai-je pas entendue tout à l'heure,

O pasteur des morts qui dorment mal, ô Mercure,
Sistre, métal froissé qui fait grincer le cœur ?
J'ai peur de le nommer, peur de le reconnaître :
Pourtant que m'éblouit le lourd caducée d'or,
Malgré moi je cherche à dévisager cet être,
Et vois me ricaner une tête de mort.
Il saute, il chante, et va et vient le caducée :
— Infrangiblement enlacés,
Les couples de damnés tournoient,
Et les feux des étreintes ploient
Les corps que tordent les baisers. —

Moi je les vois rouler comme a vu le poète
Qui reste mon soutien et mon guide et mon maître.
(L'Amour a dit : — Commencez.)

Hamlet tourne, pressant dans ses bras Ophélie :

— On m'a dit : l'amour
C'est rêve et folie,
C'est rêve d'un jour.

— C'est rêve d'un jour
Et l'aurore oublie
Et rêve est la vie.

— Rêver ou rêver
Je ne veux rêver
Que de mon amie...

Les spectres bruissants tournent, tournent sans trêve :

— La vie est rêve et tout est rêve,
La vie est une bulle d'air,
Elle s'enfle, au ciel elle monte, elle crève,
Demain éternel, éternel hier. —

Juliette à Roméo se suspend comme un fruit :

— L'amour, on m'a dit,
C'est cendre et fumée
Et faux paradis.

— Une fleur fanée
Sans avoir fleuri,
O ma bien-aimée !

— Mais qu'importe tout,
L'amour nous appelle,
Et la mort au bout !

Une cloche tinte là-bas, on ne sait où :
— J'éveillerai les morts à la vie éternelle !

LA DANSE MACABRE

Des spectres les marées chuchotantes ondulent :

— La vie est un rêve, une bulle,
Faux vivants qui rêvons agir,
Quoi sommes-nous que somnambules
Qui se réveillent pour mourir ? —

Titus enlace Bérénice avec transport :

— Qu'importe la mort ?
Qu'importe la vie ?
L'amour est plus fort.

— L'amour est plus fort
Que toute sagesse,
J'aime et veux aimer.

— O ma bien-aimée,
Vivent nos faiblesses
Et ta force, amour !

Les spectres tournent en volutes magnétiques :

— Amour, gloire, extases mystiques,
Cauchemars noirs, rêves d'enfants,
Frissons ailés, blanches musiques,
Bercez-nous doux en attendant ! —

LA DANSE MACABRE

Mercure les pourchasse avec son caducée :

— Langoureusement enlacés
Les couples sans rien voir tournoient,
Et la Mort dit : C'est assez.
Eperdûment enlacés,
Tournent la Mort et l'Amour. —

Un squelette pochard plein de jus de bouteille :

— Et la terre tourne, tourne,
Tourne, tourne, tourne, tourne...

Un âne à pince-nez approuve des oreilles :

— La terre tourne, tourne, tourne,
Elle tourne autour du soleil ! —

La cloche bat et bat comme une obsession :

— Je tonne et c'est la voix du maître qui t'appelle,
Tes joies je les martelle et tes deuils sous mes bonds ;
J'avertis les vivants, j'endors les moribonds,
Et j'éveille les morts à la vie éternelle. —

Vincent porte Mireille et l'adjure tout bas :

— O Magali ma tant aimée,
Image inerte entre mes bras,

Es-tu morte ou d'amour pâmée,
Pourquoi ne me réponds-tu pas ?

— Tendre, secret, silencieux,
Amour soupire et parle peu ;
Ses effusions les plus pures
S'émanent par subtils effluves :
La muette chute d'un pleur
En dit plus que les longs discours.

— O Magali ma tant aimée,
Tu te réponds et non à moi ;
Nos cœurs sont deux portes fermées
Qui ne se correspondent pas.

— Vers toi bien-aimé qui m'as prise
Mon âme se tend en silence
Et mon cœur bat selon ton cœur ;
Bien-aimé, fidèle à toujours,
Pardonne s'il me faut me taire :
L'amour sincère parle peu.

— O Magali ma tant aimée,
La Mort t'appelle et toi et moi ;
Ton corps n'est plus qu'une fumée,
Mon cœur n'est plus qu'un glaçon froid.

Et les deux ombres dans un sanglot se dispersent.
Virginie avec Paul qui chastement la berce,
Mariés du matin, disposent de leur vie :

— Une robe de ma mère
Fait la courtine du lit.
— Elle sera la brassière
De notre premier petit.

La cloche tinte, impérieuse et funéraire :

— Elle sera le suaire
Où vous serez réunis ! —

Un squelette au front ceint de roses purpurines,
Drapé de blanc, chargé de branches d'oranger :
— Elle a vécu, Myrto, la jeune Tarentine,
Oiseaux chers à Vénus, doux alcyons, pleurez !

La pauvre Virginie tremble de tout son corps :

— Les cloches du Nord
Se sont mises à sonner :
Est-ce pour l'hyménée,
Est-ce pour notre mort ? —

Ils s'effacent, flocons balayés par la bise.

Abailard tourne, autour de lui tourne Héloïse :

— Qu'immortellement Dieu retienne l'heure
Où ton cœur aimé retrouva mon cœur
Et l'emprisonna, mystique demeure,
Sous un seul réseau de roses en fleurs !

Je t'aime à mourir ; en vain les années
Voudront désunir nos deux destinées :
Sanctuaire en fleur par nul profané,
Pour toujours ce cœur à toi s'est donné. —

La cloche tinte avec sa lenteur acharnée :

— Songe à ton heure, songe à ton heure !

Mais l'amante répond, haletante, enivrée :

— Je ne sais qu'une heure,
C'est l'heure d'aimer !

Un flot de tournoyants les sépare soudain :
Pétrarque entraîne Laure échappante à sa main :

— Par trois roses, trois, sont douleurs calmées,
Chassé le malheur, le mal écarté ;

Un ange est venu, il les a nommées :
Innocence, amour, et fidélité.

Est-ce un espoir vain, son essor me leurre ?
Au ciel entr'ouvert, mystique demeure
Du seul amour vrai, s'envolent nos cœurs :
Espérance aimée, angélique ardeur !

Mercure fait évoluer le caducée :

— Infrangiblement enlacés,
Sans rien entendre, sans rien voir,
Aprement les fantômes tournent ;
Infrangiblement enlacés
Tournent la Mort et l'Amour.

On entend supplier d'obscures voix plaintives :
— Amour tyran des dieux et des hommes, Amour !...
Des femmes au loin fuient, que des jaloux poursuivent.
Othello çà et là court comme un insensé :

— Qui tuer, qui ? ou moi, ou elle,
Ou tout simplement la rosser,
Ou tout bêtement obéir ?

Hélas, en la minute même
Où m'assassine son beau rire,

Est-ce moi peut-être qu'elle aime,
Qu'elle aime jusqu'à en mourir ?

Grotesque et déchirant martyre,
Ne savoir qu'elle est sa pensée,
Quel délire cornu la mène :
Oh Dieu, le sait-elle elle-même ?
Elle est femme, hélas ! c'est assez !

Un beau squelette obligemment s'est avancé :

— Quand ta belle t'est cruelle
Et que tu souffre à mourir,
Va-t'en vite tu sais où :
Tu en auras d'aussi belles,
Qui te guériront du coup !

Bubu de Montparnasse à coups de talon broie
Le corps martyr de Fantine, fille de joie :

— Dix ans de bagne, dix ans de bagne,
Ou bien la vie, ou l'échafaud,
Mais faudra que tu m'accompagnes :
C'est ta chair que j'ai dans la peau !

Valmont à Madame de Tourvel suppliante,
Qui dit : — Je ne suis pas méchante, épargnez-moi ?

— Par tes airs de servante
Ni de tes yeux les pleurs,
Ne crois que tu me tentes,
Très chère : ainsi nos cœurs ;
Amoureuse touchante
Etanchez ces beaux yeux
Et montrez-vous méchante,
On vous aimera mieux !

Carmen à don José : — Pardonne ! et prends mes lèvres !

— J'ai des yeux pour voir dans tes yeux,
Des lèvres pour boire à tes lèvres,
J'ai ma caresse pour surprendre
Ton cœur et sa danse amoureuse,
J'ai mes pleurs pour te divertir,
Mon sang pour te donner à boire,
Et si tu me trompes ce soir,
J'ai mon couteau pour te punir !

On entend supplier d'obscures voix plaintives :
— Amour, tyran des dieux et des hommes, Amour !...
Werther arrive en titubant comme un homme ivre :
— Elle n'est plus à moi... ma maîtresse, parbleu !
Pauvre femme harassée de feindre un profil d'ange
Et de m'accompagner dans mon royaume bleu :

Que le vainqueur d'hier me venge !
Cet être ! un sot, elle en convient, fétide et laid !
Elle, toute beauté, splendeur, intelligence...
Trop, hélas : t'avilir est ce que tu voulais,
O femme, argile impure, incorrigible engeance !...
Oui... pourquoi fus-je tendre et bon, respectueux,
Et sincère, ô niais !... j'eusse été quelque bête,
Tu bondirais pour moi, cœur qui sonnes le creux !
Je ne puis croire encore à tant d'horreur, ma tête
Est le hochet maudit d'un carnaval boueux...
O cauchemar, ô vie, mensongère éternelle,
Qu'est doux le grand sommeil, que les chiens sont heureux !

Décrochant son bébé de sa vaste mamelle,
Lolotte dit à son mari : — Surveillez-le,
Je le connais, il va se brûler la cervelle !
— Oh ! qu'éternellement se flétrissent mes yeux !

Un squelette le force à danser avec lui :

— Entre la folie et le crime autre folie,
Et nos chers appétits, dansons, trémoussons-nous,
Houp ! quelle cabriole inepte menons-nous,
Et navrante, pendus pêle-même à la vie

Par nos ficelles bleues ! La Mort folâtre — houp-là ! —
S'agriffe aux fils tendus, joue à l'escarpolette

Et balance — houp-là ! son frétillant squelette,
Et nous nous démenons à sa suite, et voilà :
Houp !

Werther s'échappe, et le squelette continue :
— De temps en temps la Mort, jeune capricieuse,
Pour jouer jette un coup de dent au hasard : clac !
Et quand la dent tranchante de l'insoucieuse

Attrape un fil, le fil casse, cela fait crac,
Le pantin éternue, et couac ! et s'abat, flac !
La Mort l'envoie avec les autres dans son sac.
Poum !

Pour la vingtième fois mon jeune homme se tue.

La cloche tonne, gronde, appelle, objurgue et somme :

— Quantus tremor est futurus,
Quando Judex est venturus
Cuncta stricte discussurus !

Les voix : — Amour, tyran des dieux et des hommes,
Amour !

Tristan, Yseult, avec une âpre frénésie :

— Si vraiment l'amour
Est rêve et folie,
Est rêve d'un jour...

— Si rêve d'un jour
Que l'aurore oublie,
Qu'importe la vie ?...

(Des squelettes vêtus en soldats, dans un rire :

— Auprès de sa mie,
Qu'il fait bon dormir ! —)

— Qu'importe l'amour,
Et la vie qu'importe :
La Mort est plus forte !

— Qu'importent beauté
Et vie infidèle,
La Mort est plus belle !

— J'éveillerai les morts à la vie éternelle ! —

Philémon et Baucis l'un sur l'autre appuyés :

— Même alors que nos vieux cœurs
Par la douleur sont broyés,
Louons les décrets du Ciel !

Et les voilà redevenus jeunes soudain :

— O chaste épouse ô ma lutine,
Désemprisonne tes clairs seins,

Que j'immole sur ma poitrine
Ces seins menus qui se mutinent
Quand ma main tente leurs destins ! —

Elle rougit, s'enfuit : il la rejoint, l'entraîne...
De masques dévale une ronde en hourvari :
Shakspeare, don Juan, Horace, La Fontaine,
Catulle, Mathurin Régnier, le roi Henri,
Alceste, la grosse Margot entre Verlaine
Et Ninon de l'Enclos, Fagus, Alfred Jarry,
François Villon, Boileau, Panurge, Aristophane,
Poètes, amoureux, ivrognes, courtisanes :

— Si le roi m'avait donné
Paris sa grand'ville,
Et qu'il me fallût quitter
L'amour de ma mie,
Je dirais au roi Henri :
Reprenez votre Paris,
J'aime mieux ma mie, o gué,
J'aime mieux ma mie !

Verlaine s'arrache soudain du groupe, il crie,
Tandis que des sanglots le viennent soulever :

— Je ne veux plus aimer que ma mère Marie !
Dans le cœur d'une vallée

D'un fleuve de pleurs noyée
J'ai de mes mains criminelles
Pétri un sublime autel :
Ave Maria !

Un cœur y pantèle et tremble,
Baigné des humbles ardeurs
De maint cierge et mainte fleur ;
L'autel c'est moi tout ensemble :
Ave Maria !

Sur l'autel, d'amour nimbée,
S'illumine la Madone
Toute aimable et toute aimée
Devant qui ce cœur roula :
Ave Maria !

Tartufe, édifié : — Bon cela, bon cela !
Don Juan : — D'où vient-il, cœur dur, que tu frissonnes ?
Ou jalousie, ou désespoir ? cet amour-là
Est le seul qui mérite un si grand nom qu'on donne,
Et le seul que jamais ce cœur ne connaîtra ! —

La cloche dit : — Quand tu voudras, quand tu voudras !

Elvire : — A Lui que sans réserve l'on se donne,
Il rend multiplié tout mille et mille fois :

Le mendiant suprême implore ton aumône... —
Don Juan se redresse et dit : — Je ne veux pas ! —

Chérubin : — Qu'elle est belle en son habit de nonne !
Soyons pervers et grâce au Ciel séduisons-la :
O terrestre madone
A toi mon cœur se donne,
Accueille-moi ;
D'une ardente couronne
Que ta main me fleuronne,
Exauce-moi !

— Sacrilège, songe à la mort et rentre en toi ! —
Tartufe avec transport : — Bon cela, bon cela ! —
Chérubin rougit et Célimène s'avance :
— Oh, celle-ci, plus belle encore ! hélas, comment,
Beau papillon d'amour, te rendre en ma puissance ?
Célimène : — Que veut le gracieux enfant ?

— Ange bel infernalement,
Si par après ma révérence
Je berçais ce cœur inclément
De mon immortelle romance,
Vous en soupireriez, je pense ?
— Voire, ou sourirais seulement.

— Si comme on fait dans les romans,
Défaillant d'amour, hâve et blême,
Je vous expliquais mon tourment
En quelque déchirant poème,
Vous frémiriez malgré vous-même ?
— Ou bâillerais, probablement.

— Si je vous jurais simplement
Dans la plus inédite prose
Que de vos beautés justement
Sont jaloux le lys et la rose,
Vous me souririez, je suppose ?
— Voire, et rirais certainement.

— Vous ririez aussi, n'est-ce pas,
Si je vous disais qu'on vous aime ;
Jusqu'à m'exiler de vos pas
Votre cruauté viendrait même :
Je me tais donc et je vous aime
Et me meurs de n'en parler pas.

— Mais vous en parlez fort bien au contraire :
A trop de rigueur il me faut surseoir ;
Et tenez, enfant, me voulez-vous plaire ?
Vite allez pour moi mander à Sylvère
Qui depuis hier m'aime sans espoir,
Que je lui veux être humaine ce soir.

Et la grosse Margot : — Il y court, le bénêt,
Il va tenir la chandelle !
Outré, Chérubin veut jouer au lansquenet ;
Un fulgurant soufflet au bon goût le rappelle,
Il disparaît parmi les lazzis et les ris :

Célimène sur la place
Reparaît ; elle poursuit
Le gars Nicolas qui passe,
Et l'aperçoit et s'enfuit :

— Nicolas, l'amour me brûle,
Nicolas, viens me guérir !
— Mettez-vous tremper dans l'eau
Et restez-y, mam'zelle ;
Ma femm' m'a guéri tantôt,
Laissez-moi ram'ner not'veau !

— Nicolas, je suis si belle,
Ça te met-il pas en goût ?
— Belle ou pas bell', voyez-vous,
C'est toujours fait pareille :
Un trou c'est toujours un trou,
Laissez-nous planter nos choux !

— Nicolas, c'est toi que j'aime,
Te laiss'ras-tu attendrir ?
— Allez quérir un navet
Ou ben une asperge,
Ça vous f'ra autant d'effet,
Laissez-moi que j'aille aux guérets !

— Nicolas, je vais me pendre,
Viendras-tu tirer la corde ?
— Pendez-vous, vous pendez pas,
Ça m'est égal, m'am'zelle :
Si vous m'aimez moi j'vous aim' pas,
Laissez-moi ramer mes pois !

La Fontaine, sentencieux :
— La rime n'est pas riche et le style en est vieux,
Mais ne trouvez-vous pas que cela vaut bien mieux
Que ces colifichets dont le bon sens murmure,
Et que la passion parle là toute pure :
« Nicolas, je vais me pendre,
Viendras-tu tirer la corde ? » —
Henri IV à François Villon : — Ventre-Saint Gris,
Voilà ce que peut dire un cœur vraiment épris !

Zerline, Eglé, Manon, Gorgo, filles publiques,
Effeuillent des lilas, des lys, des marguerites :
— Quand au printemps dans la ramure,

Les tourtereaux vont roucoulant,
Le zéphyr au tendre murmure
Fait refleurir le lilas blanc :
Vous devez penser, il me semble,
A ce lilas que vous aimiez :
Nous allions le cueillir ensemble,
Tandis que volaient les ramiers !

D'affreux marlous les vont suivant,
Qui reprennent en larmoyant :
— Mais le lilas blanc qu'aimait tant ma mie
S'est bientôt fané quand a fui l'avril,
Et quand reviendra la saison bénie,
Ton cœur adoré me reviendra-t-il ?

Et Gretchen qui fut Marguerite
A l'écart chantonne tout bas,
Berçant des Ne-m'oubliez-pas :

— Œil bleu qui te meurs de te souvenir,
En son honneur sans fin tu fleuriras ;
Croître pourras-tu, fleur, tout à loisir :
Ta sève est mon sang, tu l'épuiseras,
Tout à loisir, tout à loisir !

Quand toute force à la fin m'ayant fui,
L'auguste Mort viendra cueillir mes yeux,
Vergiss-mein-nicht, tu fleuriras pour lui

Sur mon cœur noir, pour son cœur oublieux,
Rien que pour lui, rien que pour lui !

Le docteur Faust la voit et frissonne à sa vue :

— Et je te vis,
Et je fus perdu !
Une folie
Emporta mes sens ;
O Muse, ô rapprends-moi les purs chants du Ménale ! —
Mais Chérubin, reparaissant :
— O femme, ô pure argile, ô merveille idéale !
Marguerite : — Va-t'en Satan, va-t'en, Satan !
Zerline : — Etre innocent, paie, ou sauve-toi vite !
Tartufe : — Vous connaissez mal la femme, ami !
Il cueille à chaque bras Zerline et Marguerite,
Et tout à tour à l'une et puis à l'autre dit :

— Petite hétaïre
Qu'un soir je cueillis,
Quels mots sauront dire
Quel bien tu me fis ?
Ta caresse étrange
Fait crier : Assez !
Coquine, cher ange,
Tu m'as terrassé !...

— Vous, terrestre madone,
Mon cœur à vous se donne,
Fièvre à quoi je m'adonne,
Accueillez-moi ;
Des aimables couronnes
Qu'aux élus vos mains donnent,
Que ces mains me fleuronnent,
Exaucez-moi !...

— Devant le prodige
De tant de vertu,
Quel âge as-tu, fis-je ?
Dix-sept ans, dis-tu :
Sur ton fruit d'enfance
Eûs-je mis quinze ans ?
Et par ta science
Tu en montres cent !...

— Toute douce prêtresse,
Très haute ma faiblesse
A ton grand cœur s'adresse :
Console-moi !
Flacon d'aimable ivresse,
Arcane de sagesse,
Nef d'or en ma détresse,
Exauce-moi !...

— ... Mais mieux ensorcèle
Que ton vice en fleur
D'une peau pucelle
L'inouïe blancheur :
O laiteuse, ô douce,
Tout crême et satin,
Ta blancheur de rousse,
Sublime catin !...

— ... Étoile en mes vêprées,
Aurore à mes journées,
Lune pour mes nuitées,
Éclaire-moi ;
Muse haut célébrée,
Prônée et consacrée
Par la lyre enivrée,
Exauce-moi !...

— ... Et braise, or et cuivre,
Tes cheveux croulant
Comme un torrent ivre
Sur ce dos si blanc ;
Et, s'ouvrant ensemble,
L'ampleur de tes cuisses,
Et ces seins qui tremblent,
Et ce ventre lisse...

— ... Adorable spectacle,
Amoureux habitacle,
Bienheureux réceptacle,
Réjouissez-moi ;
Saint des saints, tabernacle,
Oracle des oracles,
Perpétuel miracle
Protégez-moi...

— ... O toison si rousse,
O ventre si blanc,
Velouteuse mousse
Et buisson ardent ;
Mais, suprême extase
Où tout nous conduit,
Un... oui ! — qui s'évase
Comme un double fruit...

— ... Inaccessible idole,
Irrésistible embole,
Symbole sur symbole,
Songez à moi ;
Palme, espoir, auréole,
Bouche dont la parole
Nous rassure et console,
Consolez-moi !...

— ... Oh, lui, rose, rose
Comme les amours,
Si rose qu'on n'ose
Lui faire sa cour,
Tant s'en montre frêle
L'infinie roseur,
Divine femelle,
Ma petite sœur...

— ... Séraphique dictame,
Liqueur, glace, or et flamme,
Pour que mon cœur en pâme,
Enivrez-moi ;
Terrestre Notre-Dame,
Réconfort à mon âme,
Emblême de la femme,
Exaltez-moi !...

— ... Tu m'es toute femme,
Tu m'es toute chose,
O ma notre-dame
Aux fesses de rose :
Petite hétaïre
Qu'un soir je cueillis,
Quels mots sauront dire
Quel bien tu me fis !

Et, une à chaque bras, Tartufe les emmène ;
Chérubin sanglote d'ardeur et de dépit ;
Les marlous giflent les filles qui vont et viennent :
— Fainéantes, consolez-donc ce cher petit ! —
De honte et de désir il tremble ! elles l'entraînent.

Des Grieux, l'amant de Manon, se lamentant :
— L'amour peut-il donc choir de ses apothéoses
A ce manège dégoûtant ?
Mercure rit : — Ainsi l'entend le train des choses ;
En somme jusqu'ici, tout est bien innocent :
Aimons, c'est venir Mai le mois sacré des roses,
Où tous les cœurs s'en vont dansant :

Faux serments et trahisons,
Meurtres, dols, et forfaitures,
Santé, fêlures, raison,
(Tout ça de par toi, Nature)

Et sainte ivresse du beau,
Extases, fleurs, flots d'étoiles,
Sont pour nous mettre en la peau
(Tout ça de par toi, Nature)

Le goût comme aux bons pourceaux
D'engloutir à la galope
Quelque chose de pas très beau
Dans quelque chose de pas très propre.

Molière, amer et goguenard mais indulgent :

— C'est ainsi que viennent
Les petits enfants !

Madame Membre, sage-femme et avorteuse :

— Les petits enfants, Jean-Jean,
Viens-t'en voir s'ils viennent :

En un brouillard fait de laiteuses perles

Remontent vers le firmament
Les âmes des petits enfants
Que recrachent vers le ciel
Les criminelles voluptés :

— Si vraiment l'amour
Est rêve et folie,
Est rêve d'un jour,
Qu'importe la vie ?

La mort est plus belle,
Le ciel est au bout :
Eployons nos ailes
Et renvolons-nous !

LA DANSE MACABRE

Mis à mort avant de naître,
Bénissons notre bonheur ;
Vers l'autel du Divin Maître
Retournons avec nos fleurs,
Nous aurons eu à connaître
Ni la vie ni ses horreurs.

La ronde semble suspendue comme en attente.

La ronde semble suspendue comme en attente.

Une forme voilée approche, grave et lente,
A la rencontre de trois sublimes passants :
Don Juan, don Quichotte, et, le troisième, Dante,
Et marche au chevalier tout en se dévoilant :

— Je suis Monna Lisa qu'on nomme la Joconde ;
Nulle femme ne fut aussi belle que moi ;
Suspends, vieux paladin, tes courses par le monde :
Celle que tu cherchais vient se donner à toi.

Don Quichotte s'étonne et lentement déploie,
Un grand vélin sur quoi nul dessin n'est porté ;
Il le contemple avec amoureuse joie,
Puis, sur un long salut plein de solennité :

— D'amour feraient mourir, Madame, vos beaux yeux,
Et cependant souffrez qu'avec la courtoisie
Qu'à votre sexe doit toute âme un peu choisie,
Je décline l'honneur de mourir sous leurs feux :

Une autre a tout mon cœur, une autre a tous mes vœux,
Plus belle que l'amour, plus belle que vous-même ;
Rien n'approche en splendeur la merveille que j'aime,
Car elle est l'abrégé des merveilles des cieux.

Elle est tant au delà des sublunaires charmes,
Que si vous la voyez, loin de rendre les armes,
Vous la trouverez laide, informe et sans appas :

Moi seul vois ses beautés dont j'ai l'âme saisie ;
En vain m'incitez-vous à mon apostasie,
Passez votre chemin, je ne vous connais pas.

Il s'en va en parlant tout haut seul, comme en un rêve,
Sans entendre Sancho Pança qui dit : — Monsieur,
Remarquez-vous ? cete impudique fille d'Ève
A la poitrine maigre et louche des deux yeux.

La dame vient à Dante avec un lent sourire ;
Mais lui :
— Je connais bien ce sourire et ta voix ;
A travers eux j'observe un squelette reluire...
Puis il chante en faisant un grand signe de croix :

— Servants du dieu d'Amour connaissez-vous la dame
Vers qui j'essore, ardents et purs, tous mes pensers,

Que sa grâce reverse en mes sens apaisés
Ainsi qu'un angélique et chaleureux dictame ?

Servants du dieu d'Amour, connaissez-vous la dame
Par qui mes humbles vœux diligemment bercés
Sont tels que des enfants aux rêves exaucés,
La dame d'allégresse et la sagesse femme ?

Servants du dieu d'Amour mes frères, ne cherchez
— Vous chercherez en vain — à connaître ma dame :
Ses traits réels au cœur de mon cœur sont cachés

Ainsi que la lumière au germe de la flamme ;
L'autre est un innocent prestige corporel
Qui prête l'aliment à mon spectre charnel.

Il s'éloigne. La femme à nouveau s'est voilée ;
Don Juan court sur elle, il la poursuit, l'atteint,
La presse dans ses bras... elle s'est envolée,
Lui jetant dans un rire : — Épouse ton destin !

La cloche tinte : — Attends ton heure, attends ton heure !

— Ces deux seins que je viens sur l'heure
De malmener par trop d'amour,
O doux trésor sur vous je pleure :
M'êtes-vous sans retour perdus ?

Gorge qui braves ma mémoire
En ta chaleur et ton odeur,
Une seconde te ravoir,
T'investir, et mourir sur l'heure !

Tant de femmes dont j'ai usé,
Tant de gorges que j'ai pressées,
Ne me sont qu'un songe confus ;

Une seule me vient hanter,
Belle, hélas, comme la beauté,
La seule que je n'ai point vue !

Mercure solennel et narquois le salue :

— Des femmes, monseigneur, on vous en va donner :
— Masques, voici les masques, les masques, les masques —
Des femmes, monseigneur, on vous en va donner :
Voici les masques de l'amour et la beauté !

Le tourbillon maudit remonte vers son centre ;
Mercure a soudain pris la forme d'Arlequin ;
Le Juif-Errant toujours danse en avant et chante,
Râclant son violon avec un morne entrain :

Eritis, tis, tis,
Eritis, tis, tis,
Eritis sicut Dii !

Et la horde à l'envi hurle, rage et délire :

— Bonheur ! amour ! folie !
Désir, transe, plaisir !
Un vertige est la vie,
Tournons jusqu'à mourir !

Passe un grand squelette
Secouant un sistre ;
Un autre le suit
Qui bat du tambour :
Tous les deux s'arrêtent ;
Leurs os tour à tour
Jouent des castagnettes,
Et des fossoyeurs
Deux à deux s'avancent,
Squelettes aussi ;
Sur leur clavicule
Une bèche danse,
Une bèche luit ;
Un refrain circule
Cependant qu'ils creusent
Une fosse, une autre,

LA DANSE MACABRE

Une fosse encore,
Une infinité,
Et la mélopée
Rythme leur labeur :

— En voilà une,
La jolie une,
Une s'en va : hardi là !
Deux revient : ça va bien !

Et l'armée immense
Des spectres en chœur
Sur place qui danse,
Chante avec fureur :

— Sur un pied danse, danse, danse,
Toute espérance est de jouir :
Leste le pied, large la panse,
Et l'univers qui va finir :
Grouin, grouin !

Des croque-morts (ce sont des squelettes encore)
Défilent deux par deux, portant des cercueils vides ;
Arlequin vêtu d'un maillot multicolore,
Un noir bicorne sur un front planté, les guide,
Entonnant d'une voix grinçante et trop connue :
— Toute armée étant toute nue
M'est Vénus en rêve apparue ! —

LA DANSE MACABRE

Et des femmes descendent en immense file,
On n'en voit pas la fin ; elles se mettent nues ;
Les croque-morts les ont saisies, leurs doigts agiles
A mesure dans les linceuls les ont cousues ;
Dans les cercueils béants une à une ils les couchent ;
Les fossoyeurs infatigables s'empressant
Glissent les cercueils dans les fosses qu'ils rebouchent,
Et vont plus loin en creuser d'autres en chantant :
— En voilà une,
La jolie une,
Une s'en va : hardi là !
Deux revient : ça va bien !

Et les femmes sans fin, toujours dansant, s'élancent
Vers les croque-morts noirs dont s'allongent les bras,
Et sans fin la besogne étrange recommence.
Arlequin : — Don Juan, voici tes mille et trois
Et davantage, ô poursuivant inassouvi !
— D'où vient, ces femmes, qu'on les enterre, pourquoi ?
— Oh l'innocent ! c'est qu'elles ont déjà servi ;
Rassure-toi, elles resserviront encore :
Sont-elles pas toujours la même et qu'on nomme Ève ?
— J'ai vu et reconnu, c'est Ève et c'est la Mort.

Tout en valsant elles défilent comme un rêve,
Toutes, par la légende ou par l'histoire élues,
Ou que les spasmes du génie humain enfantent,

Filles damnées mêlées aux vierges impollues,
Les courtisanes, les épouses, les amantes,
Et l'armée, innombrable armée des inconnues.
Voilà Sémiramis et la jeune Heaulmière,
Imogène, Manon, Rhodope, Briséis,
Eurydice et Chloé, la belle Ferronière
Et la jolie Cordière, Aspasie et Laïs,
Andromède, Angélique, Ariane, Atalante,
Peau d'âne, Desdémone, Arthémise, Arria,
La belle Aude aux bras blancs, Clorinde, Bradamante,
Hélène aux belles joues, et Rachel et Lia ;
Et tant d'autres hélas, hétaïres ou reines :
On les veux voir encore, hélas il n'est plus temps ;
Quoi, déjà disparues, ô Vierge souveraine,
Où sont-elles, mais où sont les neiges d'antan ?

Don Juan saisi d'une morne rêverie
Les contemple se dévoiler, mélancolique ;
— Ah, les seins, c'est toute la femme !
Arlequin rit,
Et chante sur un air de valse parodique :
— « L'homme a toujours besoin de caresse et d'amour,
« Sa mère l'en abreuve alors qu'il vient au jour,
« Et ce bras le premier l'engourdit, le balance
« Et lui donne un désir d'amour et d'indolence.
« Troublé dans l'action, troublé dans le dessein,
« Il rêvera toujours à la chaleur du sein. »

Don Juan s'emporte vers une et la capture :
— *Eritis, eritis*, glapit le Juif Errant !
— Tourne, tourne, braillent les spectres en mesure !
Don Juan dénude la gorge éperduement,
Puis regardant, avec dégoût il se détourne
Et la repousse en s'écriant : — Je la connais :
Une autre !
Et les spectres, en huée : — Tourne, tourne !
Et le Juif Errant fait bondir son noir archet
En glapissant toujours : — *Eritis ! eritis !*

Les croque-morts s'emparent de la femme nue ;
Elle rit, d'une main preste ils l'ensevelissent,
La passent aux zélés fossoyeurs qui saluent :
— En voilà une,
La jolie une,
Une s'en va, hardi là !
Deux revient, ça va bien !
Don Juan se ruant vers une autre danseuse
L'enlace, la dévoile et la rejette au loin,
Et sans fin se répand le fleuve d'amoureuses,
Et les spectres autour vocifèrent sans fin :
— Bonheur ! amour ! folie !
Désir, transe, plaisir !
Un vertige est la vie,
Tournons jusqu'à mourir !

Six masques ont paru : avec Arlequin, sept.
Scaramouche, tout noir, sourcilleux, solennel,
C'est Jupiter, une aile d'aigle au serre-tête ;
Pierrot, blanc comme la Lune ; Polichinel,
Rougeoyant, aviné, sanglant, farouche trogne,
Bossu, ventru, tout cuirassé, donne le bras
Avec des airs pâmés à la mère Gigogne :
Qui, chauve comme un crâne humain en falbalas,
Se mire, mamelue et telle une truie pleine,
Dans l'auguste miroir de Vénus ou Cypris ;
Cassandre, vieux, hideux, ratatiné, se traîne,
Ficelé dans sa houppelande vert-de-gris,
Constellé de boutons de plomb ; le beau Léandre
En perruque de Roi-Soleil, est cousu d'or ;
Autour d'eux Arlequin, face couleur de cendre,
Frétille et rit dans son maillot multicolor :
Lui c'est le prince du vif-argent, c'est Mercure ;
Son bicorne chapeau sur l'oreille planté
Au Diable fait penser, et il bat la mesure
Avec sa batte en qui renaît le caducée.
O masques recouvrant eux aussi des squelettes,
Sont-ils les Péchés capitaux en carnaval
Ou démons tourmentant du fond des sept planètes
Nos tristes cœurs humains écrouis par le Mal ?
Et les femmes toujours descendent, qu'on enterre
Sitôt que don Juan les a mises à nu,

Et les masques lui rient au nez, crient, vocifèrent,
Lardant les femmes de sarcasmes incongrus,
D'odes ferventes, de madrigaux libertins,
Et Arlequin tout déclamant mène le branle :

— Gais volcans, sources fraîches, seins,
Gorges, ventres, blancheurs, au vent,
Hors la chemiserie sournoise,
Gorges, gorges, gorges, pointant,
Battant, sautant, se cherchant noise !

— Gorges, gorges, gorges, gorges,
Sucres d'orge, soufflets de forge,
Roi Printemps parmi tes bourgeons
Fais-les sourdre et germer, ô gorges,
Tandis que nous autres songeons
A de jusques-où-donc plongeons !

— Gorges, gorges, et le complément
De ces cyniques oiseaux roses,
Batifolages triomphants !
Sous les prisons plus ou moins closes
Notre œil filtre, apprécie les choses,...
Hélas où sont nos beaux vingt ans ?...

— Doux et durs, durs et doux tétins,
Puissiez-vous emportant la place,

Vous brandir tous, droits et hautains,
Au vent qui vous caresse et passe !
Et nous, chantons vos litanies !

Et tous alors tandis que don Juan gémit :
— Seins rapprochés, jumeaux qui se contemplent...
— Seins immobiles, double coupole du temple...
— Seins fragiles, dont la cime seule durcit...
— Seins remuants qu'on cherche là, qui sont ici...
— Seins divergents comme deux frères pris de noise...
— Seins roses qu'on croirait de sucre et de framboise...
— Seins si blancs qu'ils semblent la rose de leur lait...
— Seins vierges rougissant d'eux-mêmes en secret...
— Seins plus douillets que n'est le pli obscur de l'aine...
— Seins vastes, majesté redoutable et sereine...
— Seins, menus seins qu'on prend, un sein dans chaque main...
— Seins amoureux, brûlants comme un enfer humain !...
— Seins de la maternelle et nuptiale extase,
Gonflés de riche lait qui monte et qui descend,
Larges seins à la fraise large qui s'évase,
Au bouton qu'ont meurtri les petits innocents :
Une goutte de lait y tremble
Et qui semble
Attendre une goutte de sang.

— Une autre, une autre, crie don Juan en folie !
— Tourne, tourne, brâment en fanfare les morts !

Les fossoyeurs : — En voilà une, la jolie !
Et don Juan redit : — Une autre, une autre encor !

— Gorgettes douillettes,
Des filles honnêtes !
— Gorges désuètes,
Lamentable lard !
— Gorge sans scrupule
De la femme Hercule
Et qu'on manipule
Pour l'amour de l'art !

— Gorges ravinées !
— Gorges câlinées !
— Gorges malmenées
Par les jeux d'amour
— Gorges surmenées !
— Gorges surannées !
— Gorges basanées
Comme un vieux tambour !

— Gorges en délire !
Et les morts : — Tourne, tourne, et tourne et tourne et vire !
Le Juif Errant : — *Dii ! eritis ! eritis !*

— La chemise glisse,
Un sein a jailli :

L'autre se hérisse
A demi retient
Le lin suspendu...

Un sein a jailli
Comme une fleur s'ouvre,
Comme éclate un fruit
C'est rien qu'un éclair
L'autre sein jaillit....

Jusque sur la croupe
La chemise glisse,
Un moment hésite
Au-dessus des cuisses
Et puis se répand :

Angoisse et délice,
Le fruit a jailli !...
Les masques, tous : — Ahi, ahi !

Et don Juan : — Une autre, une autre, mon cœur brûle !
— Gorges minuscules
Où font les veinules
Des brumes lilas...
— Gorges de matrulles !
Gorges de nourrices

Gorges sans malice,
Litière à délices
Des enfants de Mars !

— Gorges majuscules !

Et don Juan : — Une autre, une autre, une autre encor !
— Elle est toute nue qui dort
Et bruit telle une abeille,
Rose comme un ciel d'aurore,
Blonde comme le soleil,
Elle est toute nue qui dort.

C'est deux pétales de rose
Que son dos et que ses reins ;
L'exquis hasard de sa pose
Fait qu'on ne voit pas ses seins,

Ni son ventre, et ce mystère
M'endélire, moi qui sais :
Un nid d'ambre est son aisselle,
Ses deux seins sont deux sorbets,

Son ventre une grappe mûre,
Son sexe une confiture :
Elle est toute nue qui dort...

Et tous en chœur : — Flaire ce sexe, il sent la mort !
Et don Juan : — Une autre, une autre, une autre encor !

— Gorges violentées,
Gorges cahotées
Qui font plouf plouf plouf !
— Gorges effrontées !
— Gorges provocantes,
Gorges capricantes !
— Gorges décadentes
S'aggravant de poufs !
— Gorges moribondes !

Don Juan : — Une, enfin, que jamais je n'ai vue !

— Une femme nue
Sur un lit de roses,
Peut-il être chose
Délectable plus,
O cœur, qu'en dis-tu ?

Du moins je suppose
Car jamais n'ai vu
Sur nul lit de roses
Nulle femme nue :

O maître des choses,
Au ciel des élus
Devant moi dispose
Sur des lits de roses
Quelques femmes nues !

Et don Juan : — Une autre, une autre (oh, mon cœur tourne !)
Tous les morts : — Tourne, tourne, tourne, tourne !

— Gorges ithyphalles,
Couples de cavales
Bondissant de rut !
— Gorges infernales !
— Gorges courroucées
Aux pointes dressées !
— Gorges retroussées
Qui répondent : Zut !
— Gorges insensées !

Et don Juan : — Une autre ! eh quoi n'en est-il plus ? —

— Quand la sphynge s'allonge
Tout de son long et nue,
Tu crois rêver le songe
D'univers inconnus !

Immensité des cuisses
A mesure qu'on monte
Vers l'antre des délices
Hélas et de la honte ;

Et plus immense encore
La rondeur paresseuse
Du ventre moussu d'or
Et des fesses frileuses ;

Au mitan d'un tel ciel
Rit la fente infernale
Par où fusent cervelle,
Semence et sang du mâle,

Et là-haut les mamelles,
Remuantes collines
Jour et nuit renouvellent
La nourrice divine.

Tous à la fois : — La fièvre sort de ces tétines !
Et don Juan : — Une autre, une autre dans mes bras !

— Gorges toujours chaudes
Où le désir rôde
En grand tralala...
— Gorges de ribaudes !

— Gorges de malades,
Gorges à pommades
Et potions fades,
Oh lala, lala !

— Gorges épuisées ! —

Don Juan : — Une encore ! une qui me contente !

— Pli vaporeux du ventre
Qui des cuisses l'isole
Quand assise est l'idole,
Et monté du pubis
Expire vers la hanche !

Et ce dur ventre s'enfle
Selon que les seins vont,
Selon que va son cœur ;
Alors le nombril rentre
Et tel un œil moqueur,

Tel un sexe en sa fleur,
Puis ressort en cadence,
Rose, doré, vermeil,
Minuscule soleil !

Et don Juan : — Une autre, une autre sur mon cœur !

— O ventre souriant,
Inouïe vastitude,
Elastique blancheur,
Solitude éblouie !

Astre en notre orient,
Magie de clair de lune,
Sérénité qui tremble,
Ciel d'éblouissements !

Un va-et-vient de chair,
De sang et de viscères
Sans arrêt sous ce dôme
Fermente, qu'il distend ;

Tout orgueil et misère
En tel seuil se confondent :
Ce globe qui digère
Est grand comme le monde.

Tous : — Cloaque, un cloaque immonde !

Et don Juan : — Une autre, une autre, une autre encore !

— Gorges qu'on adore,
Gorges qu'on implore,

Seins resplendissants !
— Gorges qu'on dévore !
— Gorges libertines
Qui font les mutines,
Quand l'amant s'obstine
Et devient pressant !
— Gorges dépravées !

Don Juan : — Jusqu'au bout ! une autre, ô cœur, sois ferme !

— Il s'ouvre, il se referme,
Ce miraculeux ventre ;
Toute ordure y fermente,
Toute semence y germe ;
O cloaque et matrice,
Gésine et pourriture ;
Insondable orifice,
Tout s'y fait nourriture,
Et, nature complice,
Au fond de son conduit
Nos destins s'accomplissent
Et se couve la vie ! —

Tous les masques : — Elle est le stupre inassouvi !

Don Juan : — Une encore, une qui me console !

— O vous croupes fraîches
De vous, fraîches filles,
Et vos jambes maigres,
Et vos maigres seins ;

On compte vos côtes
Dessous leurs tétins
Qui sautent, qui sautent
Dès qu'y vient la main ;
Qui sautent, qui sautent !

Un squelette rit,
Se battant les côtes,
Et don Juan répète : — Une autre, une autre, une autre !

— Gorges découvertes,
Gorge à tous offertes...
— C'est par dévouement.
— Gorges qu'on déserte !
— Gorges en parade !
— Gorges de tribades
Que rendent malades
Leurs amusements !
— Gorges rabougries !

— Fossettes en triangle au-dessus du sillon
Qui partage une croupe enfantinement blanche ;

LA DANSE MACABRE

Une à droite, une à gauche, au niveau des deux hanches
Et presque se touchant :
Reposoir à baisers, réservoir à frissons.

Mais surtout la troisième un peu plus bas tapie,
Au seuil de ce sillon malicieux et doux
Qui descend en sournois pour remonter, jusqu'où ?
Celle-là fait avec ses deux sœurs ennemies
Un triangle charmant :

Tant qu'à la mignoter tout ainsi qu'il convient
On passerait sa vie et puis une ou deux autres
S'il ne vous rappelait que s'en languit une autre
Quelle, vous savez bien.

Et Don Juan veut fuir, Arlequin le retient.
— Gorge de Faustine,
Gorge de Fantine,
Gorge de Laïs
— Gorge de Justine !
De la Melpomène,
De Diane, Hélène,
Et de toi, leur reine,
O Vénus Victrix !

— Gorges immortelles !

— Gorges belles, laides,
Gorges molles, raides,
Marbre et feutre mou...
— Gorges fraîches, tièdes !
— Chastes ou fétides,
Roses ou livides,
Gorges pleines, vides,
Trop ou pas du tout,

Rien n'égale celles
Des vertes pucelles,
Nulles tant n'excellent
Pour affrioler
Quand l'été les dresse,
Les gonfle et caresse,
Fiers fruits d'allégresse
Bons à dévorer !

Don Juan : — Dieu du ciel, si je pouvais pleurer !
Mais Pierrot s'est dressé comme en apothéose :
— Maître sans honte et sans mystère,
Dieu fort de Cnide et de Paphos,
Du ciel, des enfers, de la terre,
Eros, incoërcible Eros,
Exauce, ô joyeux, ma prière :
Me soit permis au soir de mon suprême jour,
Achevant d'infuser ma vie

Au ventre en fleur de la chérie
Rendu par moi fruit large et lourd ;

Humant à la gorge pucelle
Par mes sucs faite maternelle
Ses premières nappes de lait :
Blottir ma tête bienheureuse
Dans cette gorge généreuse
Que mon amour aura gonflée !

Don Juan pleure : — Hélas mon cœur,
Cœur martyr et cœur dépravé,
Recrû de dégoûts et d'erreurs,
Jusqu'au plus bestial bonheur,
Je l'aurai vainement frôlé !

La cloche tinte : — Attends ton heure, attends ton heure !
Don Juan n'entend plus et regarde ne plus :

— Ces deux seins que j'ai tout à l'heure
Malmenés par excès d'amour,
Trésors si doux sur quoi je pleure,
Ne me sont qu'un songe confus.

Plus rien n'en vit en ma mémoire.
Qu'une chaleur et qu'une odeur :
Qu'importe, ô mon cœur, les ravoir :
Ce n'est plus ceux de tout à l'heure.

Le plaisir s'enfuit avec l'heure,
Le bonheur est une fusée,
On le cherche, il n'est déjà plus

Et notre ardeur s'y est brisée :
Il n'est de grâce inépuisée
Que dans Notre-Seigneur Jésus !

Devant l'effrayant nom les spectres se dispersent.
La cloche tinte et douce ainsi qu'une caresse :
— Quand voudras-tu, quand voudras-tu ?

— O Mère de miséricorde,
Ma vie et mon espoir, salut !
Notre-Dame Marie, accorde
Ton aide à moi qui tends les bras !

La cloche tinte avec toujours plus de douceur :
— Quand tu voudras, quand tu voudras !

— Marie, ô Mère du Sauveur,
Priez pour moi, pauvre pécheur,
Ici comme à ma suprême heure !
Le dernier, Arlequin s'est envolé, criant
Dans un rire : — Psit, psit, beau masque, c'est l'instant !

Et lentement approche une forme voilée,
Marche sur don Juan et le prend dans ses bras :

— La seule que voulut ton âme désâmée
Dans les fantômes vains suscités sous tes pas,
La seule bien-aimée ô chercheur d'absolu,
Qui donne sans retour et qui ne trompe pas !

Les voiles tombent faisant voir sous un suaire
Dont partage une grande croix le blanc tissu,
L'altier squelette de la Mort, et qui profère,
D'une voix grave comme un glas : — Quand voudras-tu ?

— Le plaisir s'enfuit avec l'heure,
On le cherche, il n'est déjà plus :
Il n'est de grâce ni d'ardeur
Que dans Notre-Seigneur Jésus !

Il expire : une flamme au ciel s'est envolée ;
Quatre pénitents blancs mettent un corps en bière ;
Sur un grand corbillard la bière est installée.

Pourquoi ne me sort-il du cœur quelque prière ?

LA DANSE MACABRE

— Pourquoi ne me sort-il du cœur quelque prière ?
C'est que je sens toujours l'air de l'enfer peser.
Un vireux parfum de luxure alourdit l'air :
Quelle horreur inédite encor va se dresser ?

Des fosses fusent de lentes fumées qui dansent
Et prennent forme de femmes de deuil vêtues ;
Elles suivent le corbillard, armée immense,
Toutes semblables ! sanglotant : — Oh, jamais plus,
Oh, jamais plus ! — Et leurs sévères robes noires
Par derrière du haut jusqu'en bas sont fendues,
Et le roulis savant de leur marche fait voir
Que par dessous elles sont infâmement nues.

Voilà sans bruit qu'elles rentrent l'une dans l'autre,
Elles n'en font plus qu'une seule : qui bondit,
Robe arrachée, sur le cercueil, où, nue, se vautre...
Eveillés par l'odeur tous les morts ont suivi ;
Tous se ressemblent ; tous, ô magie sépulcrale,
Ont pris la voix, le masque, et tout de don Juan :
Injures, cris d'amour, risées, sanglots et râles...
Elle, elle rit et elle rit, comme un enfant :

— Presse mes seins, presse mon ventre, et puis mes flancs
Qui sont si blancs !

— Toute ta force est de suer des larmes,
Ton héroïsme est de pisser le lait,
Mais le sang n'est pas de ton fait,
Ni la saine ivresse des armes !

Ton paquet double de laitance
Se pourmenant sur ton poitrail,
Et tout l'amoureux attirail,
Quelle nausée quand on y pense !

Ta charcuterie sexuelle
Ecœurerait, n'était l'amour,
Et n'est pas un moins hideux tour
Que le hoquet par quoi tu vêles !

— Et je suis belle, belle, belle !

— Sois féconde, reste belle
Et ne te mêle de rien :
Autant pèse ta cervelle
Que la fente de ton engin !

— Presse mes joues, presse mes seins,
Presse mon cœur, presse mon ventre !

— Tu devrais n'être qu'un ventre,
Ton visage est fraude et dol :
Masque à vendre, masque à vendre !
On croit qu'une pensée vole
Au gouffre de tes prunelles,
On veut y voir le symbole
Des aurores éternelles,
Et tu n'es qu'une femelle !

— Presse ma gorge blanche et belle,
Presse ma croupe si dodue !

— Casque de fleurs, taille de jeune arbuste,
Ventre qui vibre, expansion du buste ;
Ses robes : orbes de corolle,
Ses bras : tentacules, pistils,
Pieds qui frétillent, corps qui tremble :
C'est une plante qui fleurit...

— Presse mes seins, mes seins jolis !

— Elle s'est dévêtue et le chapeau s'envole,
Son amoureuse rage
Met la jupe au pillage :
Sous la chemise, neige,
Elle devient statue...

— Presse ma croupe si dodue !

— ... On veut crier : Arrête !
Déjà sont dispersés,
Vomis par-dessus tête,
Jusqu'aux linges sacrés :
L'araignée fauve et les deux dartres rouges,
D'un coup sont descendues, et tout bouge, tout bouge !...

— Presse mes seins, leur bout si rouge...

— ... La divine enjambe ses jupes de dentelles,
Tout se démasque, tout remue :
Plus fleur ni neige ni statue,
C'est la cavale et la femelle :
Une cravache et hue et hue !

— Presse ma gorge blanche et belle,
Presse ma croupe si dodue !

— O dodue, ô charnue et rose, c'est la louve,
C'est la fleur carnivore et la matrice en rut,
Une chienne et une déesse,
C'est-à-dire la femme toute,
La belle créature nue ;

O Vénus, ô coquine ! et toujours sûre d'elle,
La tragique femelle ! Homme, ne cherche pas,
Sous l'abîme de sa prunelle,

L'énigme qui fait ton supplice
Et ta délice avec, hélas !

Maîtrise des deux mains la révolte des cuisses,
Plonge ton sceptre d'homme en ce ventre tendu
Qui remue ainsi qu'une vague,
O dérisoire souverain :
Cherche le cœur et cherche en vain !

Vide-toi tout entier comme un dieu frénétique
Dans le calice qui déborde et veut encore,
Tu sentiras sous la délice
Qui te survit comme un remords,
Sourdre le spasme de la mort !

— Presse mon cœur, presse mon corps !

— Tu as l'air d'une morte
Quand tu viens de jouir,
Faible femme, et si forte,
Hors devant ton plaisir !

Ton cœur presque s'arrête,
Tes yeux sont chavirés,
Tu as l'air d'une bête
Qu'on viendrait de saigner,

Tu as l'air d'un cadavre ;
Puis tu respires fort,
Tu ragrippes ton mâle
Et lui soupire : Encor !

Et tu te renouvelles,
Sereine autant qu'avant,
Ce pourtant que pantèle,
Effondré, ton amant !

— Presse mes seins, ils sont si blancs
Que l'on dirait leur lait qui neige ;
Presse leur bout, il est si rouge
Que l'on croirait ton sang qui tremble ;
Presse ma lèvre, elle est si fraîche
Que tu en mourras de bonheur ;
Presse mon âme, elle est si sèche
Que tu en mourras de douleur ;
Presse mon ventre, il est si pur
Qu'il réinvente la pudeur ;
Presse mon cœur, il est si dur
Qu'il mettra en pièces ton cœur ;
Mais ne presse pas ma cervelle,
C'est du sperme qui sortirait,
Avec du vent, de la femelle
Que tu adores et qui te hait !

— Hou ! verseuse de pleurs ! Hou ! pisseuse de lait !
Une cravache, et hue, et hue ! —

D'un unanime élan tous ces mâles se ruent,
Fous de haine et d'amour, chiens et loups enragés,
Et elle danse et chante et rit, la femme nue :
— J'ai du di, j'ai du bon, j'ai du dinédinogé,
J'ai du vert et rose,
J'ai du jaune aussi,
J'ai du bleu teindu, teindu,
J' ai du zon zon zon,
J'ai du violet,
J'ai du l'orangé !

Et elle disparaît dans une cabriole,
Découvrant le cadavre d'un adolescent :
Son ventre atrocement mutilé sanguinole
Et il ressemble à Chérubin sinistrement.

Deux chœurs tournent autour, et l'un est de bacchantes,
Echevelées, battant leurs seins et sanglotant ;
Le second un noir défilé de corybantes
S'enivrant au fracas d'orageux instruments :

— Par la ville à la fois que la trompe en folie
Vomit la gloire de Iacchos-Attis-Baal,
Faites, vierges, errer en chaude théorie,
Le simulacre osseux du Phallus triomphal !

Et toi du phallus mien prochaine victimée,
Tu scelles, jeune fille, à tes lèvres en fleur,
La lèvre de ces sœurs presque demi-pâmées
A baiser l'effigie du saint Membre en chaleur :

O Phallus de l'aimé, vendange de délices,
Toujours brandi tel que ce simulacre vain
Mais non de bois, soit prêt au fumant sacrifice,
O Phallus des phallus, dont délirent mes reins !

Mais recouvrant leurs cris les pleureuses gémissent :
— Jamais, jamais, oh jamais plus !
Pleurez Phallus, Phallus est mort ;
Attis est mort, pleurez Attis ;
Pleurez le grand Pan qui est mort,
Et Adonis, et Adonis,
O Phallus, ô Phallus, hélas !

Pleurez : Adonis,
Attis-Adonis
Saigne sur la mousse :
Linus !

Le sang éclabousse
Son pur ventre rose
Et souille ses cuisses :
Linus !

LA DANSE MACABRE

L'ineffable sexe,
Lacéré, s'épuise,
Cherche la Déesse :
Linus !

Tournez en gémissant et vous battant les seins
Autour du corps sans sexe du fils de Vénus ;
Tournez en gémissant et secouant les sistres
Autour du corps martyr de l'époux de Vénus ;
Tournez en gémissant et repoussant les hommes
Autour du corps sans sexe du fils de Vénus ;
Tournez en gémissant et baisez sur ses plaies
Le corps désexué de l'époux de Vénus,
Linus !
L'amour est mort, l'amour est mort, l'amour est mort ! —

La Dame aux Camélias qui se meurt et qui brave :
— Je me vide comme un cadavre,
Je vieillis par jour de dix ans,
Je m'alimente de la bave
Que me déchargent mes amants :
Bah,
Encore un poumon à cracher !

Je hais les femmes et les hommes
Je hais jusqu'aux petits enfants,

Moi qui n'en aurai point, moi femme
Dont l'amour calcina les flancs ;
Mon corps diligemment laboure
Pour avancer l'ouvrage aux vers ;
Je suis pour corrompre et dissoudre ;
Je voudrais pourrir l'univers.
(Encore un poumon à cracher !)

J'en ai verdi déjà des hommes,
Et des femmes, et combien encor !
J'en nettoierai d'autres, Mesdames,
Et puis j'en nettoierai encor !
Pourtant je n'étais pas méchante,
J'ai tourné mal et voilà tcut :
Mais comment regravir ta pente,
Chemin de larmes et de boues ?
(Encore un poumon à cracher)

Ah malgré tout, ah quelle vie,
Et par ma faute il est certain :
Notre-Dame Vierge Marie,
Pourquoi me suis-je fait putain ?
Priez pour moi, Vierge si bonne,
Pour que je me rachète un jour,
Votre Fils le Sauveur des hommes
Pour qui vous eûtes tant d'amour :

Et comme Marie-Madeleine
Qui pécha comme moi et plus,
Qu'au ciel pour prix de tant de peines,
J'entre un jour, après les élus !

Les pleureuses : — O pauvre, ô pauvre chair des femmes ! —

Alfred de Musset, l'œil vitreux, rauque de voix,
Ange désagrégé par les toxiques bus :
— Je passais ce soir-là dans une rue à filles :
Une d'elles vint donc se frotter contre moi
Et me dit : Beau garçon veux-tu monter chez moi ?
Je suis belle, sais-tu, amoureuse et gentille.

De notre peau saurons-nous t'arracher, guenille,
Lèpre au cœur, cancer de tout le reste à la fois ?
Secoué par l'élan de la bête en émoi,
J'ai fait oui de la tête et j'ai suivi. La fille...

(Paix, hélas, au prélude !) elle se déshabille,
Et dénudant ce corps pollué tant de fois,
Jésus ! avec des peurs et des pleurs plein sa voix :

— Prends garde, ne m'afflige pas de tout ton poids...
Et, livrant son ventre arrondi comme une bille :
— C'est que je suis, vois-tu, enceinte de cinq mois !

— O pauvre, pauvre chair des femmes !

Ophélie passe, des fleurs dans ses cheveux blancs :
— Quand au printemps dans la ramure
Les tourtereaux vont roucoulant,
Le zéphyr au tendre murmure
Fait refleurir le lilas blanc...

Roméo chauve et bedonnant, tel que Willy :
— Celle, ô bois de Paphos, dalle du Céramique,
Pleurs de la Francesca, et ton rire Ophélie,
De qui je tiens ce brin de lilas chlorotique,
C'est Portia, fille publique
Que j'ai louée avec le lit,
Cette nuit, cette infâme nuit.
Lilas, brin de lilas fané, rosâtre à peine
Tel sa lèvre où suinte en gémissant l'haleine
Du phtisique au dernier degré ;
Ecrit dessus je lus : Souvenirs ! et Regrets !
Elle m'a dit, je dois la croire ;
J'ai mes quinze ans du mois passé,
Puis me conta l'antique histoire
Du beau séducteur envolé.

Son maigre corps, hélas, ses maigres seins rigides,
Tout son air tristement animal et candide
Me disait qu'elle disait vrai,
Et j'ai pleuré, hélas : après ! —

Hamlet, que la cirrhose et l'alcôlisme guettent :
— Quinze ans, ô Roméo, l'âge de Juliette ! —

Baudelaire, dit-on vierge, à coup sûr martyr :
  — Pauvres, ô pauvres chairs de femmes,
  Pour vous l'amour n'est pas plaisir,
  La volupté n'est pas plaisir,
  Et le plaisir n'est pas plaisir !
  Le vers vous ronge et vous affame
  De sa faim vorace ; il réclame
    Du mâle, du mâle
  Et du mâle : il faut l'assouvir !

  Quand vous brâmez entre nos bras,
  Pauvres sœurs, que vos corps se tordent
  (Spasmes funèbres !) que nous mordent
  Vos baisers chaleureux et gras,
    C'est le glas, le glas,
    C'est le tocsin du trépas.

  Quand nous emmêlons dans l'alcôve
  Nos os pour la chaude oraison,
  Vous sucz le fumet du fauve,
  O lamentables venaisons,
    Oh hallali, hallali,
  La bête échauffée et meurtrie !

Sous l'amoureuse exhalaison
Du bas-ventre de l'amoureuse
En amoureuse pâmoison,
Amant où prends-tu ton courage
Pour conclure sans renier
L'amour ton amoureux ouvrage,
Tant du corps chéri se dégage
L'exacte haleine du charnier !

Et direz-vous que je diffame,
O sœurs, mes déplorables sœurs ?
O pauvres, pauvres chairs de femmes,
Soyez vénérées en nos cœurs,
Vous impérativement tendres
Voix de l'inéluctable sort,
Qui murmure à qui sait entendre :
Prépare-toi, frère, à la mort !

— L'amour est mort, l'amour est mort !

Grisélidis frêle et blanche comme un beau lys :
— Si mon mari me trahissait,
Je lui dirais : Mon cher mari,
Pourquoi ne me l'avoir pas dit,
Qu'une autre femme vous plaisait ?

Je vous l'aurais été quérir,
Et puis, sans bruit et sans regret,
Je m'en serais allée mourir,
Comme un petit oiseau blessé.

— O pauvre, pauvre chair des femmes !

Voici qu'un corbillard s'avance
Que suit une veuve en silence,
Par la main menant
Trois petits enfants :

— Quand son mari eut rendu l'âme
Elle lui mit, la pauvre femme,
Chemise blanche et beaux habits,
Et peinant de ses doigts qui tremblent
Sur le pauvre corps tout raidi,
Dit comme s'il pouvait l'entendre :
Serrè-je pas trop, mon ami ?

Un autre corbillard s'avance,
Qu'un veuf suit, plein de suffisance
Par la main menant
Ses petits enfants :

— Oh, ma superbe épouse à la vaste poitrine
Que deux bossoirs tendus élançaient en avant,

Et son fier ventre blanc généreux aux gésines,
Et son grand cœur qui fit de l'époux triomphant
Le plus cher de ses douze enfants !

— Mais elle est morte en travail du treizième :
Quand si fameuse femme on a
Et qu'on dit qu'on l'aime,
Il faut être un pourceau quand même
Pour l'arranger comme cela !

Baucis la vieille à Philémon son vieux bonhomme :
— Nous nous sommes fait souffrir
L'un et l'autre Dieu sait comme :
Ah, misère hélas de l'homme,
Et de la femme et de tout !

Triste épouse, triste époux,
Hargneuses bêtes de somme,
Nous nous sommes, Dieu sait comme,
L'un et l'autre fait souffrir !

Ah, misère hélas de nous,
Bourreaux l'un l'autre et martyrs,
Pauvres êtres que nous sommes,
Et ça ne doit pas finir ! —

(— On est lié, si bien lié
Qu'on ne peut plus se délier !)

— L'amour est mort, l'amour est mort !

— Passe un gros squelette
A masque de truie,
Un autre le suit,
A masque de bouc ;
A eux deux ils mènent
Le ballet fangeux
Des amours malsaines;
Des stupres hideux :

De robes affublé un gras barbu qu'on fesse :
— Je voudrais être femme et m'avoir pour amant,
Je voudrais être femme et m'avoir pour maîtresse ;
Je m'épuise à rêver d'affreux raffinements,
Je choie mon vice et je déguste ma bassesse...
Je voudrais souffrir et faire souffrir... souffrir,
Subir ! me sentir déchiré comme la terre
Par le soc dévorant d'un autre homme... sentir
Une chair en ardeur écarteler mes chairs !
Je voudrais déchirer de la chair ! Oh, le sang,
Oh, le lait, oh tout ce qui jaillit des mamelles
Martyres... ôh, souffrir, faire souffrir, le sang,

Le lait, les cris, le renversement des prunelles,
Les hurlements, le sang, le sang, le sang, le sang !

— L'amour est mort, l'amour est mort ! —

Ménesclou sous un bras porte sa propre tête
Et sous l'autre un saignant cadavre de fillette :
— Je l'ai vue, je l'ai prise,
Je m'en veux maintenant,
Mais le désir nous grise,
Et le bonheur n'a qu'un instant.

Dans ma fureur aveugle,
Je ne savais plus ce que je faisais [1] ;
Elle était blanche, elle était jeune,
C'était tout ce que je voyais.

On m'a coupé la tête,
C'est bien ce qu'on a fait de mieux ;
Mon forfait je le regrette,
J'en demande pardon à Dieu :

Notre Père qui êtes aux cieux,
Pardonnez-moi et à la petite,
Notre Père qui êtes aux cieux,
Laissez-moi lui dire adieu !

1. Ces six premiers vers sont de Ménesclou lui-même.

LA DANSE MACABRE

Madame Membre, proxénète à passions :
— Marchand' d'chair fraîche, avez-vous des p'tit's filles à vendre ?
Votr'choix, Messieurs, voulez-vous des jolis garçons ?

Un éphèbe fardé, à la démarche infâme :
— Deux étions et n'ayant qu'un cœur,
Deux étions et n'ayant qu'une âme :
Il était l'époux, moi la femme :
Deux étions et n'ayant qu'un cœur.

Sa caresse, quelle douceur,
Quelle volupté, ses rudesses !
Comme il savourait ma faiblesse,
Je m'enivrais de ses rigueurs.

Il a fui, emportant mon cœur
Et me voilà tout désâmé ;
Si je retrouve mon aimé,
Je veux lui dévorer le cœur...

Ou peut-être, lui pardonner.

Deux Lesbiennes à l'écart,
Passent, goulûment enlacées :

— Si tu me trompais pour une autre amante,
J'en mourrais, vois-tu, et mourrais contente,
Car tout mon bonheur du tien seul est fait ;
Mais si tu devais préférer aux miennes
Des caresses d'homme, ainsi qu'une chienne,
Chérie adorée, je t'éventrerais !
— Méchante, crois-tu qu'à tel point j'en vienne :
Et puis, songe donc, un homme est si laid !

Un rustre traque une chèvre récalcitrante :
— Que me criblent les boucs d'œillades ennemies,
Je prends mon plaisir où je le trouve et m'en vante :
J'évite les querelles des femmes puantes,
Et je fais des économies.

Or, forniquer et m'engraisser parmi les bêtes
Me rend tel qu'une bête et ce m'amuse fort,
Et je serai ravi tout à fait de mon sort
Quand j'aurai pour cervelle un caillou dans la tête :
Hihan, grouin, bêê !

Un vieil adolescent, fripé, sournois et grêle :
— Ma vie s'écoule à flots brûlants,
Et ma frénésie criminelle
Fait sans fin jaillir ma cervelle
Et la dissoudre en jus gluant ;

LA DANSE MACABRE

La dégoûtante fantaisie
Dont je ne puis me corriger
Me fait lentement submerger
Par l'idiotisme et l'étisie.

Une mondaine, amas de bijoux et de fleurs :
— J'ai un grand trou à la place du ventre,
Un trou plus grand à la place du cœur ;
De tant d'amour qui dans mes œuvres entre,
Rien ne ressort que la honte et l'horreur ;

J'ai disloqué mes portes de la vie
Je suis vouée à la stérilité,
Mais procréer ne me fait point envie,
J'ai le dégoût de la maternité ;

Dégoût de tout et de moi malheureuse ;
Mon égoïsme est trop cher acheté :
Je deviens laide et malade et hargneuse,
Morte à l'amour et morte à la beauté ;

Sans vrai mari, sans foyer, sans famille,
Sans autre fruit que mes remords cuisants,
Si jeune encore et déjà vieille fille,
Avec terreur je songe à mes vieux ans !

Un tremblotant dandie au triomphal sourire :

— Les venins de Vénus à loisir me dévorent,
Obstiné moribond qui ne veut pas mourir,
Mon mal avec lenteur se promène en mon corps :
Tout vivant je me vois sournoisement pourrir.

Un peu pâlot, sympathique tel un phtisique,
Les femmes se retournent après que j'ai passé,
Car mon port reste fier, ma moustache héroïque,
Ceux qui ne savent pas jalousent mes succès
(Rincez ce verre, là, où j'ai bu !)

Pourtant ma peau s'écaille et mon sinciput pèle,
Mes dents titubent, ma mémoire s'obscurcit,
J'entends dans mes vertèbres se friper ma moelle
Et lacérer mes nerfs l'effroyable ataxie.

Et je poitrine encor quand mes reins y consentent,
Quand mes os vermoulus ne grincent pas trop haut,
Et cuirassant ma pourriture complaisante,
Je ne me liquéfie que morceau par morceau.
(Rincez ce verre, là, où j'ai bu !)

Quand je l'aurai flairée se faire la plus forte,
Je brusquerai l'instant de me désagréger :
D'un coup de revolver je m'ouvrirai la porte,
— Bonsoir ! — ou sucerai la discrète dragée.

LA DANSE MACABRE

Un chœur cyniquement amer de carabins :
— De l'École vieille pratique,
Ma maîtresse est une putain
Dont le degré syphilitique
Fait perdre aux docteurs le latin :
Mais moi, vieux pilier de l'École,
Je l'aime à cause de son mal :
Tous deux unis par la vérole
Comme par un lien conjugal.

Nous transformons en pharmacie
La chambre où règnent nos amours :
Nous y fabriquons et charpie
Et boul' de gomme tour à tour.
Pendant qu'avec le bichlorure
Je lui passe l'injection,
Avec l'axonge et le mercure
Elle me fait des frictions.

Un chœur immense : — Par tes fleurs, perfide amie,
O Vénus, je fus frappé
Dans les sources de ma vie
Et de ma virilité,
Aphrodité, Aphrodité !

— Jeunes filles cueillez l'aubépine d'avril,
Cueillez la fleur, époux, des blanches épousées !

LA DANSE MACABRE

— Le vin ne jaillit plus des grappes épuisées,
Sauve qui peut, sombre le monde, ainsi soit-il,
Aphrodité, Aphrodité ! —

Une terrifiante voix se fait entendre :

— Je suis une marraine autrement redoutée
Que tout l'obscur troupeau de vaines déités
Qu'a supplié jamais la morne humanité ;
Je courbe sous ma loi de reine incontestée
Un milliards de sujets et n'ai pas un athée.

Qu'ils passent, les vainqueurs ! qu'ils croulent, les autels !
Que s'effacent les noms des tables et des stèles,
Que s'efface l'amour enfin, je reste et telle,
Moi seule, et vois leur mort, à tous ces immortels !

Je règne par l'horreur ; les cheveux se hérissent :
J'ai soufflé ; je me nomme et les faces blémissent
Et tremblent les humains ainsi qu'au vent des lys,
A mon nom doux comme l'amour : La Syphilis !

Des voix tournent dans l'air : — Attis ! Attis ! Attis !
— Aphrodité ,Aphrodité !
O Adonis, Adonis, où es-tu ?
O Phallus, ô Phallus, hélas !

Le cul-de-jatte bondit, hurlant : — Me voici !
Et si vélocement sur son membre élastique
Qu'il semble être ça même honteusement grossi :
— Sur ton cœur danse, danse, danse,
Toute espérance est en l'amour,
Amour est mort et délivrance :
Que tout s'effondre tour à tour,
Hourra !

Il tourne comme une toupie,
Et l'océan des morts un instant se balance,
Puis d'un seul mouvement s'élance,
Et tourbillonne en gémissant : — Amour,
Amour délivre-nous de l'horreur de la vie :
Bonheur, amour, folie,
Désir, transe, plaisir !
Un vertige est la vie,
Tournons jusqu'à mourir !

Le Juif Errant galope en tête, et cabriole,
Et tournant à son tour, fantastique toupie,
L'archet noir sur son noir violon vole et vole,
Et la vipère au cœur le larde sans répit :
— *Eritis, tis, tis.*
Eritis sicut Dii ! —

— Amour délivre-nous du tourment de la vie,
Amour tyran des dieux et des hommes, amour,

Mène-nous tous dansants jusqu'à l'éternel gouffre
Où nous pourrons crier : Enfin ! —
Les chats : — Miaoû ! miaoû, amour, oh que je souffre !
Les truies et les gorets : — Grouin, grouin, grouin !
La femme d'Aristote, à l'époux son jouet :
— A quatre pattes, homme sublime !
Aristote obéit : — Grouin, grouin, grouin !
Desdémone supplie un nègre armé d'un fouet :
— Frappe, tue-moi, j'ai la faim d'être ta victime !
Le nègre (il crache) : — A bas, catin !
Une harde de chiens met à mal une chienne ;
Corydon entraîne Alexis :
— Viens, beau berger, que je t'apprenne...
Phèdre accourt comme une furie :
— Je t'égorge si tu l'emmènes !...
Lycaon pourchasse Daphnis :
— Viens, cher enfant, que je t'enseigne...
Chloé la joint, elles s'étreignent,
Disparaissent dans la mêlée.
Andromaque l'inconsolée
Hurle à la mort comme une chienne :
— O mon époux, ô mon époux !...
Fumant de sang et de luxure,
Pyrrhus l'atteint, lui tord le cou,
Puis, assouvissant sa nature :
— O veuve, le voici, l'époux !
— O mon époux, ô mon époux,

Crie une autre voix effarée :
Eurydice, par un reptile
Monstrueux et divin forcée ;
Orphée et sa plainte inutile
Ameute l'assaut furibond
Des Ménades enamourées,
Dont ne laisse la déraison
Qu'un amas de chairs mutilées.
Les humains crient : — Amour qui fais tourner les sphères !
Et les sphères à leur tour :
— Par les azurs, par les plaines
Et les gouffres de l'éther,
Nous tournons, ivres d'amour ! —
Et des toupies qui sont des cœurs à face humaine :
— Nous tournons, tournons toujours,
Pauvres totons que nous sommes,
Sous les verges de l'amour,
Tyran des dieux et des hommes !
Les chiens : — Amour qui fais les dieux
Pareils aux chiens ; amour, amour,
Qui fais les chiens pareils aux hommes,
Amour qui rends les chiens heureux !...
— Amour, qui fais tourner les sphères...
— Amour qui fais tourner les mondes !
— Amour qui fais pisser en l'air !
— Amour qui rends saint ou immonde,
Amour délivre-nous des tourments de la vie !

Un sage : — J'ai maudit l'amour et je m'en ris :
J'ai châtré ma nature et l'ai crachée au loin. —
Une mégère affreuse en se troussant : — Tu dis ?
Et le sage : — Grouin, grouin, grouin, grouin ! —
Là-haut les anges dans l'espace
Chantent : — *Ave Maris stella !* —
En bas l'humaine populace
Fornique et grogne et n'entend pas :
Le Juif Errant bondit comme un épileptique,
Et hors de lui, sataniquement radieux,
Rugit à la hurlante et délirante foule :
— Vous voilà maintenant semblables tous à Dieu !

Et voici qu'à travers les fumées qui s'écroulent,
Lentement se dessine un être monstrueux,
Haut comme une montagne. Une tête camuse
Dans les nuées s'enfonce, où l'on discerne moins
Que ne rêve, effigie gigantesque et confuse,
Une face de bouc avec des yeux humains.

Mais comment soutenir l'éclat des deux fournaises
Que sont ces yeux à l'effroyable fixité,
Et le fascinement de leurs deux lacs de braise,
Astres d'enfer en sa vivante obscurité ?

De fétides vapeurs qu'on dirait animées,
Et l'âme tourmentée de tous les mauvais morts,

Tournent sans cesse autour de cet immense corps
Qui paraît au travers fait lui-même en fumées :

A l'entour du noir front que battent les ténèbres
J'ai cru voir les zig-zags sinistres de l'éclair
Qui plusieurs fois traçaient, auréole funèbre,
Les lettres de ce mot sinistre : LUCIFER.

L'être rêve accroupi, immobile, impassible ;
De son bas-ventre un membre sort, démesuré,
Braqué contre le ciel comme vers une cible,
Par la main qui l'empoigne haineusement serré.

Cette main avec une fièvre machinale
Fait sans arrêt jaillir du liquide à torrents,
Qui retombe, gluante averse et glaciale,
Sur l'océan hagard des spectres délirants.

Tous frénétiquement pour recevoir se ruent
En criant : Cher Seigneur, ô cher Seigneur, merci !
Cependant l'autre main plonge dans la cohue
Du même mouvement machinal elle aussi ;

Elle happe au hasard une poignée grouillante
Et la porte à la bouche avec même lenteur :
Sous le bruit d'os broyés, de mâchoires craquantes,
Leurs voix continuent à clamer : Merci Seigneur !

Comble d'horreur ! le monstre accroupi se vidange
Sans arrêt comme il mange et décharge l'amour,
Laisse échapper sous lui le fruit de ce qu'il mange,
Fleuve d'immonde fange, et, prodige en retour,

Le purulent amas aussitôt ressuscite,
Engendre d'autres corps, d'où monte à l'unisson
Le cri : Merci Seigneur ! et tous se précipitent
Vers l'arrosage infâme et le croc du démon.

Et le plus effrayant est la tristesse affreuse
De l'être gigantesque accroupi dans le noir,
De la face de qui, morne et silencieuse,
Ruisselle comme une sueur de désespoir.

Autour c'est un vertige tel qui tourbillonne
Que rien ne se discerne des individus ;
Un hourvari assourdissant et monotone
Roule en son ouragan tous les cris confondus.

Je titube en l'infâme océan dont les lames,
Oscillant enchevêtrement de voluptés,
Grappes brûlantes de corps d'hommes et de femmes,
Battent ma chair sous un roulis de nudités ;

Lèvres sans nombre, mains, muqueuses, épidermes,
Seins brandis, seins tordus, vrilles de leurs tétins,
Membres, limes, prisons qui s'ouvrent, se referment,
Et ventres sur mon ventre écrasant leurs satins.

Des escadrons de doigts exaspérés me fouillent,
Les ongles dans la chair m'entrent avec fureur,
Tous les suintements, tous les baisers me souillent,
Crinières et toisons me cardent jusqu'au cœur.

Et partout où mes yeux multipliés se plongent,
Se multiplie l'invraisemblable emmêlement
De corps et de vapeurs qui se tordent, s'allongent,
Se pénètrent, se nouent, sanglants, suants, fumants ;

Et l'affreux hourvari de clameurs insensées,
Rires où l'hystérie et ses sanglots fêlés
Tintent, sanglots, jurons, voix chantant, voix brisées,
Hurlements, gloussements, cris d'êtres violés,

Pesant ondulement de senteurs amoureuses,
Sueurs, pets et hoquets, écœurantes fadeurs,
Relents de fauves, exhalaisons butyreuses,
Tout ce que laisse aller l'être humain en chaleur.

Et ma raison hennit après la bacchanale,
Je me débats contre moi-même en implorant

LA DANSE MACABRE

L'amour tyran des dieux et des hommes, je râle,
Le désir m'écartèle et danse dans mon sang ;

Il me saisit vivant, m'aveugle et me terrasse,
Il me tord comme un ver lancé dans un bûcher ;
Des touffeurs, des froideurs circulent sur ma face,
Ma chair brâme vers la torride chevauchée.

Moi, ô moi, est-ce moi qui me rêvais un ange ?
S'appelle-t-elle amour, cette fièvre sans nom ?
Je me débats en vain contre ma propre fange :
— Vierge Mère de Dieu, sauvez-moi du Démon !

LA DANSE MACABRE

Et le cauchemar noir magiquement s'affaisse
Dans un brouillard qui monte, espèce de linceul ;
Mes yeux pleurent de froid, et mon cœur de détresse,
Sous l'horreur d'être seul, effroyablement seul.

Un squelette attardé, tout nu, frileux, minable,
Me dévisage avec ses deux absences d'yeux,
Et s'esquive en grinçant d'une voix lamentable :
— Je suis un être absolument semblable à Dieu.

Et le brouillard s'est résolu ;
Des chaleurs montent, m'étouffant,
Un carrefour immense et nu
S'illimite lugubrement.

Un astre qui n'est pas du ciel
Déverse à flots silencieux
Sa lumière torrentielle
Calcinant sourdement les yeux ;

Seuil d'une usine monstrueuse,
Enfer au centre de l'enfer,
Où la transe la plus affreuse
Est un silence de désert ;

LA DANSE MACABRE

L'air rutile et l'ombre flamboie,
Plus brûlante que la lumière ;
La salive est comme la poix,
La bouche ahane après les flasques bouffées d'air.

Un édifice colossal tel qu'une usine,
Masse imprécise, roc, métal et ossements,
Montagne qui semble palpiter, se dessine
A travers les fumées en spirales montant :

Je crois revoir, agrandies encore, les formes
De l'être monstrueux ici même accroupi ;
Sur... est-ce ses genoux ? est-ce une plate-forme ?
Un sphinx vivant, frileux et coquet, se tapit.

C'est un sphinx immobile et vivant, blanc et rose ;
Le furneux curagan tourne et s'acharne en vain
Sur son gracile corps de femme, qui n'oppose
Que le double bouton frais de ses petits seins ;

Non plus n'éblouit-il l'azur des deux prunelles
Dardant un regard clair et fixe étonnamment
Ni ne gerce la nacre habillant ce corps frêle
Qu'on dirait composé de minéraux charmants :

LA DANSE MACABRE

— Monstre joli, monstre insolemment impavide,
Ton regard inerte et vide
Qui sourit, scintille et dort,
Vous aspire comme un gouffre...

Une voix quelque part ricane : — Amour et mort !
— Telle une flamme de soufre
Quel feu luit sous ta prunelle
Doucereusement placide,

Profonde comme le vide,
Pesante comme le monde
Ou l'effroi qu'elle recèle ?

C'est un feu qui brûle et gèle,
Une flamme au fond d'une onde...

— Amour et mort.

— L'explorateur téméraire
De ton vertige est sa proie ;
Goutte à goutte le vont traire
Les ventouses de l'effroi ;

La soif morne le dévore :
Te boire, être bu par toi !

Volupté atroce, il voit
Se vider son flanc, son cœur...

— Amour et mort.

— Paresseusement il meurt,
Sans qu'aient bougé tes prunelles,
Et leur ombre avec douceur
L'ensevelit en silence.

Et la grinçante voix ricane : — Amour et mort.

— J'ai voulu me voir le vainqueur
De la diablerie apparue ;
Et tels les monstrueux lutteurs
L'un autour de l'autre évoluent,
Ruisselants d'huile et de sueur :

La place et la minute ils guettent
Pour l'étreinte dont tout dépend ;
Ainsi rôdais-je autour de l'être
Amoureux, funèbre et charmant :

— Jette l'énigme si tu l'oses :
Je devine ou tu me dévores.
Les oreilles pointues et roses
N'ont pas vibré plus que le corps ;

Les lèvres obstinément closes
Semblèrent plus closes encor.

J'ai répété : — Monstre stupide
Qui tue sans savoir et sans voir,
Déclos ta bouche rose, avide
Comme un sexe d'épouse en fleur,
Ouvre l'enfer de ta mâchoire !
Mais nulle lèvre n'a frémi.

Et je plongeai comme en un rêve,
Hors de moi, tremblant, furieux,
Mes regards comme un double glaive
Jusqu'au fond des prunelles bleues :
Dis l'énigme après quoi je meurs,
Puis dévore-moi si tu veux !

Les clairs yeux sont restés stupides,
Et j'aperçus avec horreur
Que c'était rien que deux trous vides,
Les trous d'une tête de mort.

Et j'ai fui hagard et livide,
Blasphémant, pleurant tour à tour,
Pour n'avoir pu comme mes frères
Expirer d'angoisse et d'amour
Et me laisser tristement traire
Par le gouffre muet et sourd.

Et la grinçante voix me poursuit, si connue,
Sortie, glaçant mon cœur, de l'ombre sépulcrale
(Est-ce ricanement d'un noir démon cornu,
Ou bien piaulement funèbre d'un chacal ?)
Et glapit :
— Le mot de l'énigme est Désespoir !

— Qui ou quoi vient encor de pleurer dans le noir ?
Une paire d'yeux verts flambent comme un phosphore :
A leur éclat je distingue un museau pointu,
Deux oreilles dressées et la forme d'un corps ;

Sous la patte, ou la main, quelque chose remue
(Cœur ? ou fœtus humain expulsé par le crime ?)
Et la voix grinçante et monotone redit :
— Le mot est Désespoir !
Et soudain tout s'abîme,
Sphinx blanc, monstre aux yeux verts, et roc noir, dans la [nuit

Mais voici, comme pour démentir le blasphème,
Qu'étoile d'espérance, en l'air une lueur
Se montre voltigeant, tourne sur elle-même,
Disperse des rayons aux changeantes couleurs ;
Elle approche, grandit, a pris la ressemblance
D'une vraie fleur vivante, et j'admire en tremblant
Une femme légèrement vêtue, qui danse,
Buste cambré, bras en guirlande, en souriant.

LA DANSE MACABRE

Mère d'illusion que me veux-tu ?
— Je danse.
Quand se lèvent mes bras s'agite l'univers
Et se figure un mort qui sort de son tombeau ;
Les mondes à mon pas s'émeuvent en cadence,
Je vais sans savoir où, et mes deux bras ouverts,
Mon corps ingénûment danse, et c'est toujours beau !

Je suis fille, folle fille
Qui s'avance en sautillant
Dans ses jupes qui frétillent
Au tumulte provocant.
Ma chair blonde est ma cuirasse,
Toute armée et toute nue,
Fleur et braise, neige et glace,
Je passe, flamme et statue.

Mes talons je les secoue
Comme on lâche ses sabots ;
Sur mes deux pointes debout,
Je danse, et c'est toujours beau.
Plus de pieds et plus de ventre,
Plus de cerveau ni de cœur,
Je tourne autour de mon centre,
J'abroge la pesanteur.

LA DANSE MACABRE

Je suis une fleur qui danse,
Et de sexe délestée,
Tout ce qui émeut les sens,
Je le transpose en beauté ;
Je ne touche plus la terre,
Je suis étoile vraiment,
Je tourne comme les sphères
Suspendues au firmament.

Mes jupes sont auréole,
La pesanteur me soulève,
Je tourne, vire et m'envole
Comme un rêve entraîne un rêve :
Fleur sans odeur ni semence,
Astre stérilement pur,
Il me suffit que je danse
En silence dans l'azur.

Elle chante cela d'une voix inhumaine,
D'une voix qui d'une machine semble issir :
On y perçoit comme un bruit de roues et de chaînes ;
Par cela même elle vous trouble et vous attire.

Jamais vit-on merveille, ô Divine, aussi pure ?
Tu es la Beauté même et dénudée de tout,
Même d'elle, tu es l'essence et la mesure
Et ta propre géométrie dressée debout ;

Laisse, dût l'univers chavirer, que j'arrête
Ta danse pour la dénombrer, laisse saisir
Ton corps insaisissable !
                        Hélas, elle répète :
— Je danse, danse, danse... et s'enfuit dans un rire.

Je pense l'arrêter, je pense l'avoir prise,
La voici dans mes bras, et qui répète encor :
— Je danse ! Et dans un cri de ressorts qui se brisent,
Je vois se disloquer l'inaccessible corps.

C'est plus rien qu'un chaos de rouages inertes,
Squelette de métal étincelant, pendu
Ainsi qu'une araignée en sa toile déserte,
Au centre d'un étoilement de fils tendus.

Eh oui c'est le réseau qui vaguement s'irise
D'une araignée entre ciel et terre oscillant :
La nuit se désagrège, une aigre buée grise
Palpite, telle est l'aube en un frileux printemps.

Ce que j'ai pris pour un froissement métallique
N'est que le frisselis d'un grillon matinal ;
Au centre de la toile une araignée s'applique
A compliquer le tremblotant et lent dédale

De fils s'enchevêtrant comme les destinées.
Voici lui-même le grillon menu, cornu,
Luisant : son grincement semble me ricaner
Le satanique avis tant de fois entendu :

— *Tis, tis, tis, eritis sicut Dii, tis, tis !...*

L'araignée me regarde, et je revois soudain
Au centre du réseau scintillant qu'elle tisse
Le menu sphinx parmi l'étoile de satins
De la danseuse feue. Et l'araignée susurre :

— Plus aérienne que l'oiseau
Je me pends par ma chevelure
De nacre fluide qui tremble
Et s'étire de mes fuseaux ;

Plus aérienne que l'oiseau
Je monte et redescends et danse
Et me poste et guette les vents ;
Ma sœur la brise me balance,

Heureuse, et m'emporte en chantant.
Le long de mes cheveux je danse,
Et vire et monte et redescends
Le long de leur nacre soyeuse;

L'arc-en-ciel s'y glisse en rampant,
Égrène en perles d'eau mes fleurs
Et m'emprisonne d'auréoles :
Il s'envole, et je redescends ;

Vers les prestiges que j'exhale
Mille menus poètes bleus
Au cœur plus vaste que les ailes
S'emportent, naïfs amoureux,
Et s'engluent au réseau torpide
De l'électrique chevelure ;

Et vierge lascive et mortelle,
Mon baiser goulu les endort,
Voluptueusement ravis,
Et humé une fois leur vie,
Voici qu'à mon tour je m'endors,
Harassée et non assouvie.

Mais d'une secousse engourdie
D'abord j'éjecte les corps frêles
Des chers époux par-dessus bord.
Cependant je garde les ailes...

Or voici que la cloche appelle l'*Angelus* :
— J'éveillerai les morts à la vie éternelle.

LA DANSE MACABRE

Le grillon rentre sous terre, on ne le voit plus ;
L'araignée a bondi au sommet de sa toile,
Et disparu. Un coq chante dans le lointain,
Le brouillard se dissipe, et je vois les étoiles,
Qui s'effacent, d'un coup : Noël, c'est le matin !
Et un grand coup de vent vient disperser la toile.

Quel donc souffle d'amour et de joie a couru ?
Sens-je point palpiter les feuilles et les fleurs ?
Est-ce l'aube, cette lueur soudain accrûe ?
Voici des fleurs, voici des prairies, ô mon cœur !

Reviens, voix d'autrefois, je veux t'entendre encore,
Je veux croire, je veux prier, hélas vers quoi,
Je ne sais, mais je veux : reviens, trop belle aurore,
Nulle aurore ne fut aussi belle que toi !

Et voici qu'une jeune femme en blanc s'avance ;
Dans ses bras elle porte un enfant endormi,
L'enfant contre lui serre une pomme en silence,
La mère lui parle tout bas et lui sourit.

C'est rien plus qu'une jeune mère
Qui berce son petit enfant,
Et l'on croirait voir sur la terre
L'aurore entière qui descend :

— Magnificat ! mon âme a béni son Seigneur,
Mon être entier défaille d'allégresse,
Il est ravi en mon Sauveur.

Et j'entends l'herbe frémissante :
— Gloire à Lui qui seul est amour !

— Car voici que vers sa créature Il s'abaisse :
Les générations chanteront mon bonheur,
Mon âme a béni mon Seigneur.

Et j'entends les oiseaux qui chantent :
— Gloire à Lui qui seul est amour !

— Il a produit par moi la chose merveilleuse,
Celui qui est à tout jamais le Tout-Puissant :
Saint est le nom de mon Sauveur.

Et j'entends la mer sans rivages :
— Gloire à Lui qui seul est amour !

— D'âge en âge sur ceux qui le craignent descend
La rosée de Sa miséricorde indicible :
Mon âme a béni mon Seigneur.

Et j'entends les bêtes sauvages :
— Gloire à Lui qui seul est amour !

— Son bras a déployé sa force indéfectible
Et les superbes sont confondus en leur cœur :
Saint est le nom de mon Sauveur.

Et j'entends le soleil superbe :
— Gloire à Lui qui seul est amour !

— Il a précipité du siège les puissances,
Et Il a élevé les humbles jusqu'à Lui :
Mon âme a béni mon Seigneur.

Et j'entends l'insecte dans l'herbe :
— Gloire à Lui qui seul est amour !

— Aux affamés Il a dispensé l'abondance
Et l'opulent Il l'a renvoyé démuni :
Saint est le nom de mon Sauveur.

Et j'entends les morts innombrables :
— Gloire à Lui qui seul est amour !

— Et fidèle à Sa miséricorde ineffable,
Sous sa tutelle Il a gardé son serviteur :
Mon âme a béni mon Seigneur.

Et j'entends les enfants à naître :
— Gloire à Lui qui seul est amour !

— Comme Il avait promis au père de nos pères
En sa postérité pour les siècles sans fin :
Saint est le nom de mon Sauveur.

Et j'entends les damnés eux-mêmes :
— Gloire à Lui qui seul est amour !

Et la main de l'enfant sur mon front s'est posée,
Un amour hier inconnu me ressuscite,
C'est de ce matin-ci qu'enfin je me sens né !
Un cœur, un cœur d'enfant, un cœur tout neuf m'habite,
L'amour me ressuscite et me voilà sauvé.
Je sens un besoin fou de crier : Je t'adore,
O mon Dieu je t'adore, emporte-moi, prends-moi ;
Salut, jour inédit, salut, nouvelle aurore,
Nulle aurore ne fut aussi belle que toi !

Je me réjouirai avec les fleurs des bois,
Avec le ciel, la terre, et toute la nature ;
J'ai faim de n'être plus qu'une docile voix,
Dans l'humble et triomphal concert des créatures,
Et je chante de tout mon cœur pacifié,
Avec des larmes d'allégresse plein les yeux :

Notre Père qui êtes aux cieux,
Votre Nom soit sanctifié !

FIN

VARIANTE

au début de La Danse macabre

pour le cas où Lucifer, *poème devant précéder celui-ci, ne serait pas édité.*

— Où suis-je ? en l'univers dès temps et des distances,
Ou l'univers de ma pensée, ou le chaos ?
Captif d'une énorme et irrésistible danse,
Sans espoir de connaître un but et le repos,
Je tourne, à travers quoi ? je ne sais quoi d'immense :
Pour exprimer l'inexprimable, point de mots.

Vertige lent et sourd, tourbillon incolore,
Bruissement tel que la voix des grandes eaux,
Illimitude tant obscure que j'ignore
Si mes yeux sont ouverts encore ou déjà clos.

Jamais resalûrai-je ta santé première,
O Raison, ou ce que j'ai cru voir est-il vrai ?
Pourquoi vois-je partout ces disques de lumière
Sourdre sous ma paupière où la nuit seule errait,

Et de partout monter ces feux multicolores,
Pourquoi sans bruit partout des prunelles éclore,
Et se distendre, et m'épier ? pourquoi ces fleurs,
Ces feux encor, ces blêmes tremblements sonores ?
C'est sans doute un présage et signe que je meurs.

Puis voici exploser à d'infinies distances,
D'indistincts océans d'étoiles, flots lactés
Où je sens m'emporter dans l'éternel silence
Une chute durant depuis l'éternité.

. . . .

On s'habitue à tout, s'acclimate au vertige,
La démence au dément devient état normal :
Serais-je un dément ? même un vivant ? où bien suis-je,
Hors déjà de la vie, un mort qui rêve mal ?

L'écœurant tourbillon s'enfle comme une trombe,
Il vient, se précipite, accourt en ouragan,
Il emplit tout l'espace, il m'aspire, je tombe,
Fétu vivant qui tremble aux lèvres du torrent ;

Tout s'accélère, ô nébuleuse dévorante !
Des rumeurs, des lueurs qu'on ne peut définir,
Des gammes d'arc-en-ciel, d'étranges fleurs qui chantent :
Est-ce le Paradis et vais-je enfin mourir ?

A nouveau tout chavire, astres et fleurs, tout sombre ;
En place des parfums, des chœurs que j'entendis,

Des clameurs à présent sous mes oreilles grondent :
Est-ce l'Enfer qui monte, est-ce le Paradis ?

Et toujours grossissant, l'image se rapproche
De braises que d'immenses bras feraient tourner
Sous l'affolant brouhâ d'un milliard de cloches :
Est-ce l'Enfer, ses feux, ses roues et ses damnés ?

Ou bien s'est-il, ce ciel, transporté sur la terre
(Ou cet Enfer ?) est-ce la terre au loin qui luit ?
Quelque affreuse cité flambant comme un cratère ?
Où suis-je ? où m'as-tu donc, Dieu tout-puissant, conduit ?

Soudain, la nuit. J'y plonge en nageur qui se noie,
D'absurdes béhémoths de. métal animé
Emportent machinalement l'humaine proie
Parmi des tourbillons de flamme et de fumée.

Quel cratère inéteint m'enferme, humaine épave ?
Un phosphore aux vapeurs blafardes charge l'air
Comme en les nuits d'orage au-dessus des cadavres,
Et tels des chapelets de lampes funéraires

Ou de têtes de mort qui seraient translucides,
Des globes suspendus déversent, vertes, bleues
Et violettes, leurs effusions morbides,
Lueurs gelées, plus corrosives que le feu.

LA DANSE MACABRE

Si c'est une cité c'est la cité des spectres ;
Son noir ciel (est-ce un ciel ?) est dévoré d'éclairs
Où j'ai cru voir, zig-zags d'incandescents salpêtres,
Les lettres de ce mot sinistre : LUCIFER.

C'est la ville diabolique et qui flamboie,
Qui ne connaît ni nuit ni jour, qui ne connaît
Ni crépuscule ni matin, ni paix ni joie,
La ville hallucinée où l'on ne dort jamais.

Si je n'aperçois point ses myriades d'êtres,
C'est que ce sont des morts frappés d'épilepsie ;
Ils n'ont plus d'âme, ils l'ont crachée, ils sont des spectres :
Faudra-t-il pour les voir que je sois mort aussi ?

Enfer le plus hideux, enfer géométrique,
Dédale d'avenues, de places, de circuits :
Absurde et maladive, une obscure logique
S'est entêtée à l'enchevêtrage inouï

De ces réseaux qui s'irradient avec démence,
Dans tous les sens, se traversant à angles droits,
Fuyant on ne sait où, que des cercles immenses
Fauchent, lancés à même, on ignore pourquoi.

Les parois sont forées, taraudées de cellules
Que je devine avec horreur être habitées,

Et je comprends qu'au fond de tout cela pullule
Une indistincte et répulsive humanité.

C'est à croire qu'eux-mêmes ces sépulcres bougent :
Est-elle de caillots de sang et d'ossements,
Leur matière, amalgame noir ou gris et rouge,
Ou de brique, de suie, de plâtre, de ciment ?

Et tour à tour je m'imagine en un cratère
Près de s'éteindre, et puis dans un cerveau humain
Avec tous ses replis, ou l'horreur d'un ulcère,
Puis dans un ventre dévidant ses intestins ;

Mais l'obsession la plus précise de toutes
Est d'un cerveau toujours, ou cerveau d'un dément
Ou bien cerveau d'un mort, et dont l'osseuse voûte
Figure cet opaque et fumeux firmament ;

Et j'éprouve toujours la présence odieuse
D'un gluant grouillement de larves pourchassées :
Ainsi les flots sans fin d'une mer orageuse
Dans un remous (peut-être larves de pensées ?)

Ou bien ces tourbillons de feuilles automnales
Dont se joue la rafale à la tombée du jour...
L'horrible est qu'une fois prisonnier du dédale
Il en faut un à un suivre tous les détours

Et comme un fou tourner ou comme un somnambule,
Dirai-je jusqu'à en mourir ? non : puisqu'ici,
Convulsif ossuaire, uniquement ambulent
Des espèces de spectres en épilepsie !

Le long de ces parois courent des écritures
Faites de traits de foudre : apparues, disparues,
Réapparues, à temps égaux, elles fulgurent,
Lancinantes comme les douleurs des perclus,

Et je lis, même si je bouche mes paupières :
— Marchand de plaisir ! Marchand d'oubli !
Marchand de paresse ! Marchand de misère !
Marchand de haine ! Marchand de folie !

Le sol semble un putride et mouvant macadam
De joyaux, d'ossements, de débris de tombeaux,
De morceaux de statues, de perruques de femmes,
De crucifix, d'étrons, de livres en lambeaux...

Marchè-je ? je l'ignore, ou si l'odieux rêve
Se déplace et tourne sous moi : suis-je en prison
Dans un corbillard de cristal ? sans but ni trêve
Des avenues se multiplient sans horizon ;

LA DANSE MACABRE

Je me demande si j'avance ou bien recule ;
Un temps s'écoule, un inappréciable temps,
Et la sensation qu'autour de moi pullule
Une foule, grandit, cauchemar obsédant.

Soudain, l'horreur, la grande horreur m'est apparue !
J'ai vu, mon Dieu, j'ai vu, sans en mourir d'effroi :
L'armée immonde accourt, tout palpite et remue,
Se multiplie, bondit, m'entoure et vient sur moi.

Procession d'enfer ! (etc.).....

Tout à coup je frissonne, un être est contre moi,
C'est un squelette, il est vêtu, selon la mode,
D'un complet à carreaux ; il grelotte de froid,
Ses pieds boîtent dans des escarpins incommodes,

Il fait le beau, fantoche aux airs de petit vieux,
Sa main de blanc gantée tourmente une badine,
Deux braises luisent dans les trous que sont ses yeux ;
Il grince tandis qu'avec grâce il se dandine :

— Je suis un être absolument semblable à Dieu.

Je ne te connais pas et voilà que je tremble
De te reconnaître, fantôme absurde, ô voix

Chargée de sous-entendus lointains : et me semble
Jadis déjà t'avoir entendue bien des fois ;

Etait-ce hier encore, était-ce tout à l'heure
Ou était-ce voici des mille et des mille ans ?
A travers cette voix qui congèle le cœur,
Il me semble que c'est moi-même que j'entends !

Je hausse les épaules pourtant : — Je vous nie,
Larves écloses dans les bas-fonds du cerveau,
Je nie mes sens quand je les vois pris de folie,
Et jusqu'à ma raison quand elle est en défaut !

Mais lui (voit-il mon cœur contre soi se débattre ?)
— Ainsi donc, cher Monsieur, vous ne croyez à rien ?
— Si fait : qu'un et un deux et que deux et deux quatre.
— Et quatre et quatre huit, sans doute, homme de bien ?

Hé hé, cerveau rassis, robuste, raisonnable :
L'évidence au chevet et jamais peur la nuit...
Mais, ne croyez-vous point, de temps en temps, au Diable ?
— Oh oh, le Diable, oh oh ! — Hi hi, le Diable, hi-hi !

(Etc.). . . . .

— Oui, c'est la révolte, a-t-on dit, des mauvais anges
Et l'histoire en effet, plus ou moins de nous tous.

— Mais qui donc êtes-vous, spectre, et mon double étrange?
— O cher frère oublieux ! c'est moi Passe-Partout
Qui voit tout, qui peut tout, qui sait tout, qui fait tout :

Je sais faire en quatre-vingts jours le tour du monde
Ou bien en quatre-vingts secondes, ou moins encor,
Je voyage sous terre, en l'air, à travers l'onde,
Je sais faire de la fumée avec de l'or,

Je sais faire de l'or avec du papier bulle,
Je sais faire du sang avec les os des morts
Et faire de l'amour avec une canule,
Je pèse les nuées, la lune et le soleil,

Je mesure l'illimitude ailée du ciel,
Je mets le grand tonnerre de Dieu en bouteilles,
Je coupe aussi les chiens, je fais pousser les ailes,
J'aère les cerveaux, je gonfle les pucelles...

Je suis un être absolument semblable à Dieu !

(Etc.). . . . .

F.

ACHEVÉ D'IMPRIMER
LE 8 NOVEMBRE 1920
PAR L'IMPRIMERIE
FRÉDÉRIC PAILLART
A ABBEVILLE (SOMME)

www.ingramcontent.com/pod-product-compliance
Ingram Content Group UK Ltd.
Pitfield, Milton Keynes, MK11 3LW, UK
UKHW031855260826
14628UKWH00002B/792

9 782329 008578